孔子：文與詩

我所不知道的論語

何福仁 著

中華書局

目錄：

一、綜述

二、分論

一、綜述

我所不知道的《論語》

1

《論語》是本奇書，討論了二千幾百年，仍然可以討論下去。參與討論的人，勁頭還真不少，包括對《論語》有所不知、有所闕疑的人，這，我自是其中一個，而且敢稱第一，不是唯一，而是第一之一。因為天下間那麼多第一，誰會說自己是第二呢。這是「尊題」。不過我有一點肯定的是，若說中國文化裏長期有用又可用的人，孔子是真正的第一，不用之一。讚美他以及責罵他的，人數之眾，文字之多，在漢語裏，無出其右。我還沒計中間那些似褒實貶似貶實褒古古怪怪抽着孔子油水的東西。

中國傳統文化，有九流十家，加上稍後的佛家，但誠如中國學者李學勤所言，儒家始終是核心（《中國古代文明及其研究》）。這文化核心，實也不限於中國。在整個東亞世界，長期被不斷重讀的經典，捨《論語》外別無他選；這是日本學者子安宣邦說的（《孔子的學問》）。

《論語》的主人翁是孔子，要認識儒學的奠基人孔子，《論語》是第一手資料；但這個第一手，多年來經過無數的手，再經過無數的注解、釋義，產生許許多多個不同的孔子，許許多多始終沒有確解的迷團。晚明的張岱說：

六經四子，自有注腳而十去其五六矣，自有

注解而去其八九矣。故先輩有言，六經有解不如無解，完完全全幾句好白文，卻被訓詁講章說得零星破碎，豈不重可惜哉！（《四書遇》）

六經四書，本來好好的白文，其旨趣被上下其手，失去十之八九。他說得真好，但別盡信他，因為他對四書可不是偶遇，他做的何嘗不是注解，他的注解也借助了其他的注解，譬如《易經》，譬如《中庸》。我讀《論語》半輩子，有時當它是小說，而且當是拉丁美洲魔幻寫實的小說。我說有時罷了，尤其是在困惑鬱悶的日子。可一直有一種聲音提示我：讀的是認真的人的書啊，要認真。但其實認真不得。

首先，就是書名。最早提及《論語》的，目前是《禮記·坊記》，並直接加以引用：「《論語》曰：『三年無改於父之道，可謂孝矣。』」〈坊記〉據說是孔子的孫兒子思之作。其次，書名也見於《孔子家語·弟子解》，同樣引《論語》的「浴乎沂，風乎舞雩」。《家語》過去疑為三國時王肅的偽作。自從上世紀七十年代河北定州八角廊的西漢竹簡，以及安徽阜陽雙古堆漢墓木牘出土，其中不少與《家語》內容相合，學者重新審視，考訂今本《家語》，雖有後人整理、潤色的痕跡，可也確有漢代原初的底本，不是三國時代的製作。總之，不能貶為一無可取（見寧鎮疆《〈孔子家語〉新證》）。有學者甚至認為《家語》的價值，尤勝《論語》。兩語的優劣非我所能置喙，但讀《論語》，何妨參考孔子後人的「家語」。

《論語》這書名，別以為真如張岱所云不說自明。其實並不簡單。「語」沒有太大問題，一般作話語、說話解；問題在「論」字。許慎《説文解字》云：「論者，議也。」本義也很明確。比他稍稍年長的東漢人班固説是「門人相與輯而論纂」，纂，是收集；但到底「輯而論纂」是怎麼一回事呢？到了東漢末，劉熙《釋名》云：「論，倫也，有倫理也；語，敘也，敘己所欲言也。」論、倫互通，訓為次，倫次指條理次序，倘如是，則《論語》就是輯錄有條理次序的話語？但看《論語》，不完全是這樣。

其後，南朝的皇侃則從音和字的角度説：

> 從音、依字二途，並錄以會成一義，何者？今字作「論」者，明此書之出，不專一人，妙通深遠，非論不暢；而音作「倫」者，明此書義含妙理，經綸今古，自首臻末，輪環不窮。依字則證事立文，取音則據理為義，義文兩立，理事雙該，圓通之教，如或應示。（《論語義疏》）

按照此説，則我們慣常「論」字讀音，應為倫理的「倫」，而不是討論的「論」。把《論語》分開字和音，説是「理事雙該」、「輪環不窮」，這樣一路解來，不是越解越深奧，沒有解決問題，而是產生問題？據説這就是學問，而學問，就在追問的過程裏，層層深入學習，讓你發覺事情的不簡單。有學問的人説：沒有學問是簡單的。

不過，不一定要搞清楚書名才可以看書吧，否則恐怕有一半人不能看，另一半人呢，只是自以為搞清楚罷了。我們不會笨得因為沒有搞清楚食譜上的名字而放棄一盤美食。但放到肚裏的東西，畢竟要知道是甚麼，是走地的、游水的，抑或是從泥土裏長出來的。如果也知道廚師是誰就更妙，我們慕名而來，可以向朋友證明，我們可不是飢不擇食。問題是，《論語》的作者、編者，我們好像知道一些，但仔細想想，其實也並非確知。

2

再說書的撰作者。撰作者可以是一個、多個；可以是集體撰寫。編者，最初往往是一人，或者一組人，由於有不同的版本，姑且說是版本吧，——我們知道秦用竹簡，漢並用縑帛，之後重編新版，最後又再修訂新版，於是有不同的編者，而且是不同時期不同口味的編者。還沒有提不同的簡本、選本，以至斷章取義的語句。所以不止一人，而是好些人，異代不同時，背景和口味不同的人。如果各種版本並存，可資比較，那就沒有問題，看到編者同異的取向；要是新的取代了舊的，舊的從此泰半消失，只片言隻語在這裏那裏出現，這就產生歧異的解讀。放心，壞書是不會產生這類問題的，只有好書才會一版再版，有穿越時空的超能量；也只有好書，才會逗引不同的解讀，出現多元，以至平行宇宙。另一方面，要是完全不可解，像死結，就沒有人理會；它似解而未解才成為挑戰，逗引人在空白、斷裂的地方探索，讓人浮想聯翩。《論語》就是這麼一本書，一本充滿魅力，容許不同讀法、不同解讀的書。

今人的書，作者與編者可以是同一人，《論語》肯定不是這樣的書。前引《漢書．藝文志》一句，整段話是這樣的：

> 《論語》者，孔子應答弟子、時人及弟子相與言而接聞於夫子之語也。當時弟子各有所記，夫子既卒，門人相與輯而論纂，故謂之《論語》。

班固在東漢初的說法承自西漢末的劉歆，這類推斷歷來不少，以《漢志》這說法最多人接受。他指出「當時弟子各有所記」，然後由門人「相與輯而論纂」，換言之，記和編是兩類人，一在老師生前，一在老師身後。古人稱直接受業的為弟子，輾轉再傳的則為門人。

所謂「各有所記」，孔子的眾弟子聆教後是做筆記的。我在學讀書時也做筆記，而且小學五六年班時就做，不管老師說甚麼，通通寫在小冊子上，當然更多的時候，是在紙上塗鴉。一次，我的大姊翻看我的筆記，看見「老吾老以及人之老，切吾切以及人之切」，笑得很詭異，再遞給我的哥哥，他馬上變成瘋子，狂笑不止。今天的學生，還做筆記嗎？恐怕大多都不做筆記了。你問他可有做筆記，他會一臉茫然，答：不是老師做的嗎？補習社就以老師的筆記如何如何做標榜。

《論語．衛靈公》15.6（沿用楊伯峻《論語譯注》篇目及條項的分法，較方便，各篇同）有一段著名的記載，那是子張向孔子請教「行」的問題。孔子回答，大意是要「言忠信，行篤敬」。子張聽了，「書諸紳」。「紳」是甚麼呢？古人上衣下裳連在一起的深衣，以大帶子束腰，在腰前縛結，餘下懸垂的部分就稱「紳功頭」。大帶的衣制始自商周，其色彩、材料、長短都有嚴格的規定，在學弟子用衣帶，寬二寸。子張聽了老師的話，當下就書寫在大帶上。有人補說紳有囊，恐怕是彌縫之說。這是《論語》中記載弟子記錄老師說話的做法，多麼特別的載體。可惜這是唯一的一次。

不過，在《孔子家語》倒有好幾段可以參看，一次，同樣是子張向孔子請教，問的是當官之道，子張少孔子四十八歲，老人家說了比「言忠信，行篤敬」多許多的話，甚麼勿專、勿怠、勿發、勿犄、勿遂、勿留，有這六者，則身安，譽至而政從云云。收結，這一次，「子張既聞孔子斯言，遂退而記之」(〈入官〉)。記得也真詳細，記性也真好。

《家語．五刑解》另外一段，冉有問三皇五帝是否真的不用刑罰，孔子又仔細地指出刑罰之設，貴在讓百姓不要犯法，然後解釋「刑不上大夫，禮不下庶人」的道理，收結，冉有同樣「退而記之」。

〈論禮〉還提到子夏一次聽了老師一大段話，說：「弟子敢不志之？」志，是記在心上。〈正論解〉中，孔子稱讚文伯的母親沒有停止過紡布績麻，也要「弟子志之」。〈正論解〉另記了孔子過泰山側，收結的名句：「子曰：『小子識之，苛政猛於暴虎。』」所記和《禮記．檀弓》相若，多一「暴」字。識，則不單要記住，還有判別之意。後世的佛經解識，解得精審：識，識別是非。要記住，還得用文字寫下來。《呂氏春秋．任數》載孔子在陳、蔡之間絕糧，誤會顏回偷吃，知道真相後，又會對學生鄭重說：「弟子記之，知人固不易矣。」所謂知識，就是這麼一回事。

老師鼓勵學生作記，固然為了不忘學習所得，還有更大的作用。《左傳》襄公二十五年載：

> 仲尼曰：「《志》有之：『言以足志，文以足言。』不言，誰知其志？言之無文，行而不遠。」

這段文字也見於《家語》的〈正論解〉。孔子引古書《志》的話，再加以說明：不說話，誰會知曉你的心志；說話和書寫是互相補足的。說話而沒有文字記錄（或指文采），就流佈不遠。孔子講學，當然是有志傳之久遠。

這些，可見弟子是既做記錄，也受鼓勵做記錄，不過不像今天的大學生，要是也做記錄，可以當下就在座位上用電腦打字，又或者錄音，而是退下來，憑事後的記憶。問題在從口頭語到書面語，學生的能力、悟性、文字工夫，以至記憶，都有參差。難得的是，《論語》沒有廢詞冗語，多用對偶、排比，這是長期以來讀書人執筆行文的習慣，可見最後還是需有人加以「潤色」的。更難得的是，這個負責「潤色」的編者，並沒有刪削那些微妙地呈現老師感性面貌的助語詞，或者重複的感歎語。但一得也有另一失，這，下文再說。

3

曾參曾這樣自述：

> 吾日三省吾身——為人謀而不忠乎？與朋友交而不信乎？傳不習乎？（〈學而〉1.4）

「傳不習」的「傳」，一般解作「老師的傳授」，原來的《魯論》作「專」，鄭玄注依從《古論》作「傳」，「專」是假借。焦循說得好：「己所素習，用以傳人，方不妄傳，致誤學者。」學生大概也有做老師的準備，《論語．為政》2.11：「子曰：『溫故而知新，可以為師矣。』」

今人蔣伯潛對「專」另有闡發，引《說文解字》，指出是「六寸簿」(《經與經學》)。鄭玄的《論語正義．論語序逸文》說簡策開本的大小有定制，六經最重要，像《春秋》，一律長二尺四寸（合 48 公分）；次一級的《孝經》，則減半為一尺二寸。《論語》還不是「經」，只是孔子弟子的「記」，只得八寸，只及經書的三分一。王國維《簡牘檢署考》指出所云尺寸，是漢制，周制一尺為八寸，並引王充《論衡》云：

> 夫《論語》者，弟子共紀孔子之言行，敕記之時甚多，數十百篇，以八寸為尺，紀之省約，懷持之便也。

記錄老師言行的工具，要善其事，則必須方便攜帶；所謂「六寸簿」，實也近乎現在小小的筆記簿。不可不知，在漢代，《論語》其實是幼童的入門書，東漢崔寔講農業生產的《四民月令》云：

> 十一月，硯冰凍，命幼童讀《孝經》、《論語》篇章，入小學。

四民是指士農工商。幼童書本，不宜太大，要合乎他們細小的手掌；也不需像讀經書那樣正襟危坐。人同此心，多年前我在英國湖區旅行，探訪童話名家畢翠克絲·波特（Beatrix Potter）的故居，買得她自己設計的小書，每一本都是小手掌那麼大，方便兒童閱讀、攜帶、放進褲袋。道理也是淺易明瞭，形式跟內容結合。

《論語》在早期是幼童書，這一點，我們這些成年可要「記住」，越講越深奧，那是後來的事。當然，幼童只需背誦，不用理解，更不求甚解；甚解，解之深文周納，即近乎艾可（Umberto Eco）所云 overinterpretation。要幼童理解，是製造更多不理解。曾子每天多次自我反省（「三省」的「三」泛指多；朱熹則坐實是檢討上述三樣東西：為人、待友與熟習所學），自省之一是：可有好好溫習劄記？這從側面看，他們學習時做了劄記，做了就要按時溫習。這解法，自是眾說之一。譬如，這個「專」，另外又有人解作專業。

但子張、冉有的退而記之，或者曾子的自白——自白，而不等同內心獨白，因為相信是有人聆聽或閱讀的，他們就是這兩三段的作者嗎？不一定，這些只能理解為：他們都做劄記而已。倘是自己的記錄，未必需要交代「書諸紳」、「退而記之」之類現象。子張在衣帶上記錄，畢竟是權宜應急之法，總不能把老師的話都寫在衣帶上吧，而所能記的空間也有限，《家語》記的那許多的說話，就不可能了。既然向老師發問，應該準備好工具，例如竹簡木牘，或者布帛，還有刀或者筆。有人考訂，春秋後期已使用筆墨。但無論如何，依今人看，多麼不方便呢。而子張這個人，有趣，但同學對他有些微言。《論語．先進》11.18 載「師也辟」，子張名師，「辟」朱熹解「習於容止」；又載「師也過」，説他講究儀容，又過火。講究儀容的年輕人，會把老師的話，寫在衣飾上嗎？

最初想到編一本記錄老師言行的書，是在孔子過世後，同學心喪期間產生？守喪而不用穿喪服謂之心喪。心喪三年之後，同學就星散了，只有子貢在老師墓旁再守三年。那三年，同學聚居，是為了紀念先師，這方面不可能面面相覷，甚麼也沒做。但那時候，一些學長如子路、顏回、宰我也已不在了，還包括孔鯉，更早孔子四年過世，不過《論語》也有他和父親的對話，是他的劄記，還是另有同學在旁作記？

換言之，還有一個承擔敘事的小三。例如樊遲問仁問智，孔子答了，他不明白，需再請教子夏；這不可能是樊遲記的，但又不似是子夏，同一段話，稱謂已不統一，遲是名，字子遲；子夏是字，本名卜商。又如魯定公問老師是否有一言可以興邦這回事，記的肯定是其他同學。因此弟子自己做的箚記之外，另有一個，或者多個在場而不出場的記事者。這所以書中產生重複的句語；犯重，而編者沒有刪去。這些執筆的人，他們是誰，我們並無所知。

《孔子家語》記孔子七十二弟子，提及《論語》的作者，還有兩位不見經傳的年輕弟子：

> **叔仲會，魯人，字子期，少孔子五十歲。與孔璇年相比，每孺子之執筆記事於夫子，二人迭侍左右。**（〈七十二弟子解〉）

「每」疑為「兩」之誤。叔仲會、孔璇兩位年紀相若的後生，隨侍孔子左右，輪流記錄老師的話。但畢竟太年輕了，難怪大夫孟武伯懷疑他們的能力。我計算一下，孔子返魯時六十八歲，則他們充其量才十八歲。不過孔子看重他們，說：他們年少有成，這是他們的天賦；習慣就成自然。我們可不要忘記這兩位年輕人。問題在，老師七十二歲離世，他們記的只是逝世前四五年間的事。之前的呢？之前恐怕並沒有這樣的文書，不然也不用記在衣帶之類。而且，他倆只出現在《家語》裏，那麼一次，從此銷聲匿跡。其實這四五年，是孔子最重要也最傷感勞神的歲月，他收了更多的學生，卻目睹獨子和最喜愛的弟子過世，明知自己要聲討篡弒也無能為力，連瑞獸也獵殺了，他擱下春秋之筆。

4

過去的作家、學者怎樣推斷《論語》的作者呢？

歷來作家、學者拋出的名字，都是我們熟悉的。鄭玄最先提出撰定的人是仲弓、子游、子夏等（引自唐陸德明《經典釋文．敘錄》），不見論證。其中，柳宗元的說法，更是論者經常引用的：

> 或問曰：「儒者稱《論語》孔子弟子所記，信乎？」
>
> 曰：「未然也。孔子弟子，曾參最少，少孔子四十六歲。曾子老而死。是書記曾子之死，則

去孔子也遠矣。曾子之死，孔子弟子略無存者矣。吾意曾子弟子之為之也。何哉？且是書載弟子必以字，獨曾子、有子不然。由是言之，弟子之號之也。」

「然則有子何以稱子？」

曰：「孔子之歿也，諸弟子以有子為似夫子，立而師之。其後不能對諸子之問，乃叱避而退，則固嘗有師之號矣。今所記獨曾子最後死，余是以知之。蓋樂正子春、子思之徒，與為之爾。或曰：孔子弟子嘗雜記其言，然而卒成其書者，曾氏之徒也。（《柳河東集．儒語辯》）

這位大作家的論據，全經不起細察。他認為《論語》作者是曾參的弟子，那是樂正子春、子思。理由是書中所載，學生都稱字（「載弟子必以字」），稱子的只有曾參和有若，所以應是曾參的學生；有若則孔子死後，因為他「似夫子」，所以同學也敬稱他為子。不過後人已指出，整本《論語》，除了孔子，在氏之後（唯獨孔子可不加氏，但稱子），有「子」的敬稱者，還包括閔子騫、冉求、冉伯牛。他斷言「必以字」，也太輕率，稱名的並不少。例如：

子使漆雕開仕。對曰：「吾斯之未能信。」子說。（〈公冶長〉5.6）

牢曰：「子云，『吾不試，故藝。』」（〈子罕〉9.7）

憲問恥。子曰：「邦有道，穀；邦無道，穀，恥也。」（〈憲問〉14.1）

孔子差使漆雕開做官，全稱漆雕開姓名，記述的人顯然是第三者；漆雕開回答老師：相信自己還沒有從政的能力。能夠自謙，孔子喜悅。照錄姓名，按道理不會是漆雕開的後輩。

牢，不能確定是誰，《史記》不載。《孔子家語》說牢是琴牢的名，字子開，又字子張；就是那位「書諸紳」的年輕學生了，朱熹照錄。他引孔子的話：我不曾為國家所用，所以學得一些技藝。

憲是原憲的名，字子思（並非孔子之孫孔伋）。這兩則跟《論語》習慣的寫法不同：同學平輩一般稱字不稱名。牢、憲，只有老師、長輩才會這樣稱呼；又或者自稱。於是有論者認為，這兩章的作者是琴牢、原憲他們自己。編者逕直取來，也不做統一的工夫了。其他同學跟老師的對話，或者獨白，果然各有所記，自己執筆的部分，不是也應該稱名、或字麼？

柳氏認為曾參年紀最小（小孔子四十六歲），也不對，弟子中小於曾參的，大有人在，且不說叔仲會、孔璇兩位，其他如宓子賤小孔子四十九歲，子張小四十八歲，顏子驕、冉子魚、伯楷俱小五十歲，公孫龍小五十三歲。歲數未必這樣準確，但小於曾參的，大有人在。這或可見孔子返魯後，誨而不倦，且收生更多。柳宗元乃散文大家，可短短二百五十一字，理據失檢，立論成疑。

至於說有子「受叱而退」，也有爭議。朱熹就否定此說，認為柳氏受惑於「鄙陋無稽」的司馬遷（《四書或問》）。史遷鄙陋，對理學家而言，或者見仁，但說「無稽」，卻未必見智。史遷有稽，只是沒有今人作學術論文的附注，我們不知稽了甚麼。而朱子此言，又是否有反面的「稽」？無論如何，古人讀書，由於條件所限，難免大葉粗枝。儘管如此，柳宗元還不是絕壞的私家偵探，在茫無頭緒裏拋出一個範圍、兩個涉嫌：樂正子春、子思。

不妨先定出《論語》成書時期，劃出一個範圍：

一、在曾參之後。首先，曾參在《論語》，每次出現總是「曾子」，只有老師才叫他「參」；其次，《論語》記曾參之死，樂正子春隨侍。

二、在《禮記．坊記》之前，因子思的〈坊記〉提及《論語》。

子思是孔子孫，為曾參之徒，是大哲學家。他和孟子，世稱思孟學派，荀子反對思孟講「五行」（仁義禮智聖），斥責云：「子思唱之，孟子和之。」孟子自稱受業於子思的門人，他生於公元前 372 年；那麼，是否可以說《論語》初編約在公元前 400 年？

子思的《子思子》全書不存，但《禮記》中的〈中庸〉認定是子思之作；郭店楚墓出土的竹簡，其中〈緇衣〉、〈五行〉、〈尊德義〉、〈性自命出〉、〈六德〉，專家考定也屬於子思，或者子思一派的著作。李學勤更認為整個郭店楚簡儒書都出自《子思子》（〈先秦著作的重大發現〉）。我喜歡《中庸》，前人說它體大思精，又有說是兩篇合成一篇，無論如何，我覺得今人，尤其是年輕人真應該讀讀，可免於偏激，又免於懦怯，無過無不及，而「執兩用中」，這可不是調和折中，不是是與非的平均數，而是辯證地看問題，斟酌形勢，衡量客觀條件與主觀能力，知所進退，原則要守，可同時要變通。

因時制宜的行權，是儒學一大理念。〈子罕〉9.30 另記老師說：「可與共學，未可與適道；可與適道，未可與立；可與立，未可與權。」這是說人可以一起學習，卻未必可以共同選擇走向正道；可以共同選擇走向正道，卻又未必可以共同立身堅守；可以共同立身堅守，卻又未必可以共同通權達變。權，是權宜、變通。孟子說的男女授受不親，禮也，但嫂子溺水，出手援救，就是「權」(《孟子・離婁上》)。在人生的旅途裏，找到同窗共學不難，難在有共同的目標，再又難在共同堅守，最後關頭，更難的還是彼此審度形勢，共同有一個靈活變通的共識。這所以孟子說孔子是「聖之時者」。《中庸》是孔子思想，以至思孟學派的一大要門，其實也是一種思想方法。今天的人不讀，可惜得很。

以為《論語》由子思編定，很好，不過楚簡的話，和《論語》孔子所說的竟並不相同。例如〈緇衣〉，通篇「子曰」，所說的卻不見於《論語》。〈六德〉講聖智、仁義、忠信，說「夫夫、婦婦、父父、子子、君君、臣臣，此六者各行其職」，與《論語》的說法就不盡同。

然則是樂正子春審定的？這個人我們知道得很少，《禮記・祭義》曾引他說孝的問題，繼承曾子闡揚孝道。孔子之後儒分八派，有所謂「樂正氏之儒」。實情是，我們根本無所知。

5

但記述的人，如前所說，還有資質高下的問題，有人聞一而知十，像顏回；有人聞一而知二，像子貢（〈公治長〉5.9）；也有人聽了莫知所云，要請教同學，像樊遲；又有人擔心跟不上，聽過的道理，還未實踐，就怕又聽到新的道理，那是子路：

> **子路有聞，未之能行，唯恐有聞。**（〈公治長〉5.14）

這是純粹的敘事，是孔子所說「學如不及，猶恐失之」的具體例子（〈泰伯〉8.17）。然而，子路整個憨直、魯鈍，而又急公好義的性格，在《論語》裏活脱生動，這不可能是子路自己的記述，否則他會自稱「由」。然則出自哪一位學弟的觀察？哪一位精到的描摹？看來又不可能是樂正子春、子思的記述，因年紀的差距，子路小孔子九歲而已，可說是他們的祖父輩。

總之，《論語》可以肯定出於眾手，而且不是一時之手，因為從較早的冉伯牛（小孔子七歲），到最後的曾參（小孔子四十六歲）病重，其時孔老師逝世已久，〈泰伯〉篇再記了幾段曾參面對死亡的話，跟冉伯牛相距，可能有數十年之久。因為不同的手筆，於是呈現不同的觀點、不同的接受。何況，即使同一本《論語》，也可見弟子之間的分歧、爭論與批評，都集中在臨末的第十九章〈子張〉：子張與子夏（19.4）、子游與子夏（19.12）、子游對子張（19.15）、曾子對子張

（19.16），儼如下揭儒者的分家。這在早期弟子之間是沒有的事，老師一去，變了，不止不同，更不和。

康有為承襲柳宗元之說，以為《論語》出於曾子門人，理由也是只有曾子稱子，又最長壽，而且在〈泰伯〉篇中特別記敘曾子要門人「啟予足，啟予手」事。此說並無新見；不過，要緊的是，他接着嚴斥曾子之學狹隘小器、謬陋粗略，既不得盡精，又遺其千萬。繼而認定，倘由顏回、子貢、子木、子張、子思輯錄，肯定會博大精深；又譬如由仲弓、子游、子夏輯錄，他說，「吾知其微言大義之亦不止此也」（《〈論語〉注》）。

孔子高足，他就是不喜歡曾參，他自信得近乎狂妄，是以未知為定知。世傳《孝經》出於曾參，止及一家一族，格局豈及康氏的大同世界。康氏是今文家，不過與其說他門戶之見深，不如說他政治傾向烈，因而愛憎過度，他的《〈論語〉注》，不暢己意，即認定劉歆偽竄。偽竄的目的，很簡單，是「飾經佐篡」，為了助王莽篡奪政權。這是劉歆以學術取媚政治。然則，康氏附會今文經學，以為六經都是孔子託古改制之作，提倡變法，何嘗不是政治決定學術，且尤有過之？錢穆的少作《劉向歆父子年譜》，條舉二十八項，證明康氏誣妄。另一位清末今文家皮錫瑞同樣認定「五經」是孔子的著作，在《經學通論》說：「兩漢經學極盛，而前漢之末出一劉歆，後漢末生一王肅，為經學之大蠹。」劉歆、王肅的誣獄，是否可以翻案，是否需要翻案？

但從另一角度看，倘照康有為的判斷，則我以為劉歆實是漢代偉大的作家，尤勝「淺陋」的史遷，撰成體制分明的《七略》，著錄了當時各流派的重要典籍，首創目錄學與分類法；再只花不太長的日子，創作了《左傳》、《毛詩》、《古尚書》、《逸禮》等等，還修訂了這個那個，包括《論語》。其行文運思，不輸日寫三四個專欄的作家，而且，它們流傳後世。

顧頡剛也以為劉歆作偽，但從另一面立說，並不同意說作偽者的創作力那麼厲害，他指出因為有一大批博士幫凶。這群作偽集團的成員在頭目劉歆倒台後，一個也沒有出來做污點證人，也偽得徹底。蔣伯潛以為偽作主要是《周禮》，其他的不過是附偽，只為了掩人耳目云云（《經與經學》）。

康與顧的分別是：前者指孔子遍作六經；後者，說《春秋》根本和孔子沒有關係，因為《論語》一字沒提（《漢代學術史略》）。同樣疑古，一則神化，一則俗化，甚且醜化。他們相同之處，是否證據太少、結論過多？

6

《論語》怎麼編法、出版？

潘多拉的盒子揭開了，索性再追問下去。當年一定有人提議編輯這麼一本書，有人和議，然後獲得通過，有人負責集稿，大家提供箚記給這一位或者多位責任編輯，經過討論、選擇。且慢高興，這恐怕是較理想的做法。

《論語》沒有序言，沒有凡例，當然沒有新書發佈會。別以為新書發佈會是今人的新事物，不，《呂氏春秋》面世時，在咸陽城上高調地宣佈有能增損一字者，賞以千金。這樣的發佈，真叫所有搞發佈會的人氣短。《論語》的初版，一般認為在戰國，或在初期，或在中期，也有人不同意，無論如何，一直近乎無聲無息，不斷有人提及孔子的名字、事跡，《論語》呢，除了《禮記·坊記》提過一次，卻經過兩百年的沉寂。

《論語》中孔子老師曾稱讚鄭國外交政令的制定，云：

> **為命，裨諶草創之，世叔討論之，行人子羽修飾之，東里子產潤色之。**（《論語·憲問》14.8）

四個程序，由四個能人負責，然後定稿：草稿（裨諶）、討論（世叔）、修飾（子羽），最後潤色（子產）。這和《左傳》的記載略有不同，但程序差不多，不過由馮簡子敲定。《論語》這段話好像沒有甚麼人會聯繫到編定《論語》的關係，或者根本不認為《論語》的寫定要經過那麼嚴謹卻繁複的程序，這又不是政令文件，要數讀才通過。又或者，鄭國有當政的子產最後把關，而最受稱讚的顏回和較資深的大師兄子路比孔子早死。我想，子路要是不死，他也許會當仁不讓，儘管學力不足，老師病重時，他就曾組織學弟高調地搞治喪委員會，結果被老師斥責一番。然後是子貢，他在老師墓前多守三年，他做了甚麼？這個人其實非常厲害，他名列言語科，可《論語》沒有具體地記錄他怎樣會說話，但見於《孔子家語·屈節解》，記他通過外交辭令，亂齊存魯、霸越亡吳；《史記》也詳細交代：「子貢一使，使勢相破，十年之中，五國各有變。」真是橫空絕世的外交官。但《論語·先進》只記孔子說他很會經商，不信貧富命定（我不以為「不受命」是指他不聽老師安貧之命），經常猜中行情，「億則屢中」。守墓六年，那可是黃金歲月，證明他不是唯利是視。奇怪沒有人提到他曾參加編委。

此外再沒有可以一錘定音的同學領袖了。有若可以嗎？但很快據說就灰頭土臉「叱避而退」了。我可是想，弟子聽了老師讚美文件制定的方式，並且有人把這話記錄下來，到自己要從事記錄老師的言行，能不參照、效法麼？但這只是我一廂情願的想法。

實際情況是，這是一本駁雜、不統一，重見，甚至矛盾的書。從這個角度看，《論語》的責任編輯是失責的，所以我頗懷疑「門人相與輯而論纂」的說法不是定案。但也一如世間的資料彙編，總是由於這樣那樣的原因，不斷補充、延遲。又或者，先出十篇吧，後來才另有十篇？錢穆《論語新解》就說：「《論語》之編輯，非成於一時。自此以前十篇為《上論》，終之以〈鄉黨篇〉，為第一次之結集，《下論》十篇為續編。」又或者五篇？清代疑古大師崔述就認為末五篇不可信（《崔東壁遺書》）。而我們如今看到的，可不是初版，而是分門分派之後，再重新整合的「潔本」。

芸芸《論語》的注本，清人劉寶楠的《論語正義》對我最有助益，劉寶楠也想到寫和編這兩者有別，不僅是這樣，《論語》其實也反映了編者之間的分歧——要是編者真的多於一人：

> 要之，《論語》之作，不出一人，故語多重見；而編輯成書，則由仲弓、子游、子夏首為商定，故傳《論語》者能知三子之名。（《論語正義．鄭玄論語序逸文》）

「不出一人」，這是肯定的。但仲弓、子游、子夏三位負責定稿，説來好像合作得和諧、順暢。《論語》的內容，以至形式，果爾是這幾位弟子的「商定」？當然，加上「首為」云云，可能僅指最初、原始的樣本。然而劉寶楠的「能知」，根據的不過是前人的臆想，前人的，何嘗不是臆想。話説回來，文體駁雜，稱謂不統一，也有好處，無意中透露了作者的蛛絲馬跡，但重見（分別有五次），卻不容責編卸責。《論語》收了這三子之間的爭論，也很難説是共識。韓非説孔子歿後，儒分八派，容或誇大，無疑反映他們對孔子的理解不盡同，也不可能盡同。

再説，倘最初的樣本如此，負責重編面世的後人，即今傳的《論語》，是否可以視而不見，這個人是西漢末的張禹，他從中得益最多，責任是否也應最大？

7

《論語》經多年沉寂，在漢初再出現時，有齊論、魯論兩種版本，不久又有古論破孔壁而出；此外，還有河間本、定州簡本。我們可以找到傳者的名字，可不是最初的編者，我們只知道第一次重編的人是張禹，那已經是三種版本二百年之後的西漢末了。張禹這個人時譽不佳，曾與成帝舅父王鳳共領尚書事務，王鳳執政，很霸道，張禹為避王鳳以自保，屢次請求退職。經成帝挽留，又起來治事，更做了丞相。他生活奢華，擁大量田產；致仕後，仍常為子婿求官，一直受成帝寵信，有大事就問問他的意見。

他的重編，是過去幾個版本的綜合，不可不知，這其實是編給年輕太子的少年版，方便他自學，因為太子不可能就近經常向老師討教。前面不是說，漢初的《論語》，只是幼童的入門書麼？太子即後來的成帝，少時不見得是個勤力的學生，後期更是一個糟糕的皇帝，令外戚坐大，這方面張禹也難辭其咎。話說回來，成帝讓劉向整理中秘的藏書，畢竟對中華文化還是有功績的，儘管有人以為整理，實是整頓，清理政治不正確的東西。

三種《論語》，有甚麼分別？首先是篇數不同。「魯論」二十篇，「齊論」二十二篇，多出〈知道〉、〈問王〉兩篇，其中〈知道〉不久前在江西南昌的西漢海昏侯墓出土，「知」即「智」。「古論」二十一篇，不過把〈堯日〉篇末子張問政與問五美分拆；換言之，與魯論的篇章並沒有分別。「古論」之來，是孔子後人因避秦焚書，把《論語》收藏在孔子故居的牆壁裏，武帝時有那麼一位魯恭王受封魯國故地，為了擴建宮室而拆毀孔宅發現的。這本《論語》用先秦六國的文字寫成，與漢代通行的隸書不同，又跟小篆有別，因此稱「古論」，當時已甚少人認識。孔安國是孔子十世孫，以今文解讀。然則「古論」可能成書最早，可能罷了，有論者從魯王的宮殿與孔宅的地理距離，提出異議。《漢志》有一段文字很魔幻：

> 魯恭王餘，景帝子，……初好治宮室，壞孔子舊宅以廣其宮，聞鐘磬琴瑟之音，遂不敢復壞，於其壁中得古文經傳。

恭王（劉餘）可惡，但祖宅的主人變成神聖不可侵犯了。

此外，「齊論」的章句，據説文字較多。至於具體內容，可惜已無全本，甚至「魯論」恐怕也不是本來面目。孔安國「古論」本則過去被評斷為偽書。

齊魯之別，還是因為學風。兩者雖結鄰山東，自從周初封建，即分道揚鑣。周公兒子伯禽治魯，實行親親；變俗革禮，採用甚麼禮呢？周禮，周的典章文物。孔子在魯成長，自然深受影響。齊則不然，功臣姜太公尚賢，因俗簡禮。所以發展明顯不同，魯人重家法，學風謹嚴而保守；齊人呢，駁雜而開放，參雜陰陽家、道家。

張禹的《論語》一般認為是以「魯論」為主，有學者就不同意，例如朱維錚認為是「齊論」(《〈論語〉結集脞説》)。張禹本看來有一個「魯論」二十篇分章的外形，名為整合各論，追溯起來，他的老師主要是「齊論」學者。《漢書・張禹傳》云：「禹先事王陽，後從庸生。」前後兩位都是「齊論」傳人。我們知道，古人很講究傳承家法，不好的是往往形成門戶之見。他是太子的老師，但太子的老子元帝當年的老師是夏侯勝、蕭望之師徒，都是「魯論」名家，他當然不會為兒子選個「齊論」老師。這，求職的張禹豈會不深知。元帝為兒子選老師，由蕭望之測試他的《論語》工夫，説是滿意，卻奇怪要經過一段日子，需再由其他人轉薦。這時候的張禹，顯然已華麗轉身，從齊變魯了。《漢書》記他應付兩個性格迥異的學生，讓他們各適其適：一個喜歡熱鬧作樂，就招呼他入後堂弦歌飲宴；另一個嚴肅正經，就和他講論經義，賜食也不過豆肉卮酒，從不引他入後堂。對學生是變通，對權貴呢，則是圓滑。

後來張禹晉升為丞相，他的書當然成為暢銷書，其他的都衰微了；讀書人很勢利，時稱「欲為《論》，讀張文」。如是又過了大約二百年，東漢末的學者鄭玄為《論語》作注，再重編一次，重新吸收過去的版本。今天我們讀到的，就是這個版本。

但最初，原始的幾種《論語》的編者，我們不知道。魯人學習的，魯人伏生憑記誦，以漢代的今文隸書寫出，故稱「魯論」；齊人學習的，為齊人盧勝所傳，同樣以今文抄寫，故稱「齊論」；那是劉向的說法。劉向是甚麼人？西漢末人，距離最初的《論語》——假定《論語》出現在戰國初期，那大概也是三百年前。所以只是想當然而已，最初學習的人，會否這樣涇渭分明？上述習「魯論」的大家，也習齊詩。漢初應無所謂今文古文之爭，因為孔安國也把古論翻成今文；齊詩在《漢書·藝文志》裏也列入今文經。

張禹本之後，東漢末鄭玄作注，以「古論」改「魯論」的文字，這是《論語》的新版。王國維云：「鄭注《論語》以其篇章言，則為「魯論」；以其字句言，實同孔本（孔安國「古論」本）。」（《書〈論語〉鄭氏注殘卷後》）例如今傳〈述而〉孔子自稱的「五十以學《易》，可以無大過矣」，「魯論」本來是「五十以學，亦可以無大過矣」，鄭玄據「古論」改，一字之易，意思完全不同。又例如〈陽貨〉「天何言哉」，「魯論」本來是「夫何言哉」，也是從「魯論」改。真是吉光片羽。

此外，學者例如錢穆，更進而推定齊魯兩論對人物，例如宰我的褒貶評斷大不相同。不過無論誰先誰後，大抵總有一個原始、最初的版本，才因為嘴巴跟耳朵有別，輾轉相傳，抄寫不同，異體字、假借字，加上學統之異，才出現分歧。清代阮元《元數說》云：

> 古人簡策繁重，以口耳相傳者多，以目相傳者少，且以數記言，使百官萬民易誦易記。（引自劉寶楠《論語正義》）

上述「亦」與「易」，大概就是口傳然後筆錄造成的分歧。還有載體問題。試想想，不是一般讀書人都可以收存大量竹簡的，《論語》一萬二千七百字，要多少竹簡？以定州出土《論語》為例，釋文七千五百七十六字，略多於現傳半本《論語》，竹簡已有六百二十多枚。我不能想像，原本二十七卷的《孔子家語》會有多少枚。

總之，《論語》內部既有撰作、編者的諸種問題，外部又有學派與政治的干擾。我所不知道的問題，真的太多太多。

8

據說清代戴震少年讀書時聽老師講授《大學章句》，至「右經一章」，朱熹引程頤的話，說是「孔子之言而曾子述之；其傳十章，則曾子之意而門人記之也」。

戴震問老師：「何以知其然？」

老師答：「這是朱熹說的。」

戴震再問：「朱熹是甚麼時候人？」

「宋朝人。」

「孔子、曾子呢？」

「周朝人。」

「周朝距離宋朝多少年呢？」

「差不多二千年。」

「那麼朱熹從何得知？」

老師無辭以對。（段玉裁《戴東原先生年譜》）

老師勉強可以對的：那是推想，如果是合情合理的推想，叩其多端，並不因為年代的差距就全不可信，差距不是障礙。照哲學詮釋學的解說：理解，不是要消除時間的差距，其實也不可能消除，時間差距反而是積極的作用，讓我們可以更好地閱讀經過考驗的經典。真正的歷史意識是面對歷史文獻、經典時，同時清楚自己的歷史性。伽達默爾在《真理與方法》中，稱這種歷史意識為「實效歷史意識」，以別於浪漫主義和歷史主義的歷史觀。伽達默爾最大的「實效」，我以為是為「先見」平反。是的，閱讀之前，沒有人會是白紙一張，我們的修養、品味，當下的生存狀態，必然成為我們觀看物事的一種視域，構成了我們的「先見」。先見，或貶稱偏見、成見，過去一直斷定是理解新事物前要排除的東西，因為會妨礙客觀的判斷。伽達默爾接受海德格爾「此在」的說法，花了許多篇幅肯定先見、前結構，認為啟蒙時代唯理性是奉，貶逐成見，本身就是一種成見。

我們不必抱着一種原罪的心態去開始閱讀，需要做的，是在閱讀的過程裏開放自己，隨時調整自己，甚至否定自己。事實上，我們閱讀經典，是在歷史傳統重重的閱讀裏重新閱讀，我們跟傳統並不對立，而是置身其中，把古和今、過去和現在打通，彼此作用、周旋，從而修正、拓寬自己，既不否定舊我，又接受新的衝擊，達至所謂「視域融合」。伽達默爾也提醒我們，置身傳統重重觀念的洪流，要小心分清有效的真成見，與束縛並妨礙我們的假成見。朱熹、程頤解釋《論語》，當然有他們的「成見」，時間差距也不成問題，問題在他們曾否開放自己，避免成為一個封閉的系統。

「視域融合」的提法，避免了年代差距造成理解的尷尬，但談何容易，過去和現在，不是一句睦鄰就可以和諧地共時相處的，總難免會有所傾斜。受解構主義思潮的衝擊，某些後現代史學家索性否定歷史有所謂終極文本，有的，只是相對的、暫時的「真相」。羅蘭·巴特也說「作者已死」。推到極端，陷於虛無的相對主義，學術研究往往為了證明某些研究只是主觀的製造，以破為立。美國的教育家、文論家赫施（E. D. Hirsch, Jr.）在《解釋的有效性》（*Validity in Interpretation*, 1967）重新捍衛作者、提出文本含意（meaning）與意義（significance）之別，含意是固定的，意義才不斷流變。這是針對原作者消失、文本含意恆在變化、連作者也不清楚要表達甚麼等等說法，這種種說法，結果只會留下一個個讀者，不同的讀者，每一個都是權威，即是說再沒有權威，教師還可以憑甚麼理由，去說明他的理解比隨便哪一個學生的理解來得正確？

伽達默爾對歷史上的權威是推崇、尊重的，認為權威之為權威，並非源於強制，而是受到廣泛認同，這個人比我們知得多，他的說法較可信。但如果原文的本意在歷史的洪流中逝去，再不存在，那麼伽達默爾曾否說清楚：有效的先見、前結構如何形成？準則如何認定？朱熹的《四書集注》本來是大膽、有創意的，他從《禮記》中抽出〈大學〉、〈中庸〉，再提升《孟子》作配，又分《大學》「經」和「傳」兩部分，影響深遠，一家之言成為一國之教，實借助了政權的強制。

赫施區分文本為含意與意義可資參考。前者是原作的基本意思，那是本來如此，它一直在那裏，恆常不變的；意義則是相對讀者而言，對不同時空的人，作品有不同的作用、啟示。他承認要確切地理解文本的含意是不可能的，但不能確切地理解並不等於不可理解；而文本的意義則隨時產生，因人而異。最先分別文本含意與文本意義的是意大利法律學家埃米利奧・貝蒂（Emilio Betti, 1890-1968），他重新肯定作者意圖（Giorgio A. Pinton: *Giovan Battista Vico & Emilio Betti: Hermeneutics*），赫施顯然受了影響。貝蒂一如海德格爾，因納粹問題而坐了一陣牢。勞思光〈從「普遍性」與「具體性」探究儒家道德哲學之要旨〉一文也有相近的釐清，不過用詞不同。赫施的 significance，勞思光稱為指涉（reference），認為指涉會隨事而常變，意義（meaning）表示觀念，則穩定得多。《論語》文本自有客觀的價值，讓我們擇善而從，而並不妨礙我們主觀的判斷。這麼一來，傳統的東西才活過來，活得有意義，而不是一團腐肉，要麼任由禿鷲、鬣狗分吃，要麼扔進堆填區。

9

我試做過小小的計算，先秦時期各種典籍語涉孔子或語近《論語》之言甚多，而其中少數語近《論語》的，也竟完全不提採自《論語》，或竟不知有《論語》一書。孔子的説話，絕不止於《論語》，這是肯定的。先秦人也並非不引書，孟子、荀子筆下分別稱引《春秋》、《詩》、《書》；連戰國末期的法家韓非也引《春秋》；雜家《呂氏春秋》引《易》。此外，《莊子》雖云孔子圍於陳、蔡時，「殺夫子者無罪，藉夫子者無禁」（殺害先生的人沒有罪，凌辱先生的人不受禁止），此語也見於《呂氏春秋》，孔子當時實名滿天下，而謗亦隨之。

然則是孔子的弟子、弟子的弟子寫了，但《論語》的編者割棄了？又或者這些孔子的弟子以及弟子的弟子不同意老師的老師被幾個人騎劫，壟斷了話語權，於是另行發表，就像現今的自費出版？還有神化或者醜化孔子的人，進行造神的運動，或者拿他開玩笑、借題發揮？誰知道。就像今人甚麼的選集，親疏有別。即使戰國諸子筆下的孔子，是否都是實錄呢？難怪有一位日本學者津田左右吉，索性倒過來，妙想天開，説《論語》的若干文字，是從孟子、荀子裏抄來（《〈論語〉與孔子思想》）。

孟子光大發揚孔子，相距個半世紀，筆下提及孔子的，算是最早，合共三十八則（顧炎武《日知錄》只算二十九則），其中只有八則見於《論語》，《孟子・離婁上》中自稱「予未得為孔子徒也，予私淑諸人也」，倘如柳宗元所云《論語》成於曾參門人樂正子春、子思，孟子豈會不提《論語》，又不提前述兩位是作者？我們相信孟子不會做假，但也不能保證不會張冠李戴，例如在〈滕文公上〉說「曾子日：生，事之以禮；死，葬之以禮、祭之以禮。」在《論語．為政》2.5 裏說這話的不是曾子，而是孔子。孟子不是說「盡信書則不如無書」嗎？或者，照津田先生所言，這是移植了的綠楊。又如〈公孫丑下〉中所言「不怨天，不尤人」，作孟子自己之言，《論語．憲問》14.35 中則是孔子之言，那是答子貢的一句。〈滕文公上〉裏孟子把君子與小人之德分喻為風與草，在《論語．顏淵》12.19 中則是孔子的修辭。

孔子有時易容孟子，有時，變成荀子。荀子尊孔，引用孔子的說話，例必注明；其語涉孔子的有四十四則，有一句語近《論語》，見於《荀子．子道》篇，那是記子貢回答孔子智與仁之問，子貢答「知者知人，仁者愛人」，問題在《論語．顏淵》12.22 中則是孔子答樊遲，先仁，後知。〈子道〉篇另載：「孔子日：『由志之，吾語汝……故君子知之日知之，不知日不知，言之要也。』」這個「君子」，在《論語．為政》2.17 裏其實是孔子。〈子道〉又有句云：「子路問於孔子日：『君子亦有憂乎？』孔子日：『君子……既已得之，又恐失之，是以有終身之憂，無一日之樂也。』」意思也同《論語．陽貨》17.15，不過後者說的是「鄙夫事君」患得患失的問題。

再如《論語．季氏》16.6 中孔子說的「言未及之而言謂之躁；言及之而不言謂之隱，未見顏色而言謂之瞽。」也相近見於《荀子．勸學》：「不問而告，謂之傲；問一而告二，謂之囋。」傲，借為躁；囋，多言煩碎。《論語．憲問》14.24 中孔子說的「古之學者為己，今之學者為人」，見於〈勸學〉，但並不作孔子的話，而是荀子自己說。孟荀張冠李戴事小，但把孔子之言據為己有，豈不是剽竊？真難怪津田認為《論語》是秦末才彙編的書。道理是先秦典籍，提到孔子的時候，從沒稱引《論語》這麼一本書。這令人想到顧頡剛說《春秋》與孔子不相干的邏輯。

> 《墨子》非儒，九則對孔子的指斥顯然並無實據，也沒提《論語》。《韓非子》四十三則，同樣大多數不見於《論語》，書中肯定「世之顯學，儒、墨也」（〈顯學〉），卻又說這是禍亂之源：「儒以文亂法，俠以武犯禁」（〈五蠹〉），又借孔子以強調重法之必要。（〈內儲說上七術〉）

《莊子》提及孔子最多，共五十三則，我想，他或他的後學實則蠻喜歡孔子，筆下可大都是天馬行空的創作。

諸子之外，其他如《左傳》三十九則，只五則見於《論語》，文字稍異，貴能提供說話的背景。《國語》中〈魯語〉提及孔子的有八則。縱橫家的《戰國策》也有六則，竟有一句見於《論語．為政》2.3：「孔子曰：『道之以政，齊之以刑，民免而無恥；道之以德，齊之以禮，有恥且格。』」但也沒提《論語》這名字。

《公孫龍子》有兩則，不見於《論語》。《呂氏春秋》四十六則，只四則見於《論語》，而文字不同。漢以後，有關孔子與孔子弟子的記述，更不得不存疑。孔子，其人其事，我們不是知道得太少，就是知道得太多。

就連《論語》的撰寫、編者是誰，內容是否翔實，或者加插的話語、敘述，那怕是一部分吧，獲得孔子的首肯？我們不得不承認並非都確知。不知道，或者像孔子那樣說，沒有學過。孔子這樣說，有時出於自謙，有時用作託詞。不知道，他會苦笑：也是一種知道。

博爾赫斯在《詩藝》（*This Craft of Verse*）裏說：

> 我記得蕭伯納說過，柏拉圖是創造出蘇格拉底的劇作家，就像那四位福音傳教者創造出耶穌一樣。這說法容或有點誇大，不過還是相當的真實。

如果說孔子是《論語》的作者和編者創造的，恐怕沒有中國人會同意，但孔子的形象，其人其事，畢竟要借助後人的塑造，並且經過不同意識形態的塑造，但其原型、塑像之母，還是這本充滿疑團的《論語》，這樣說來，肯定是真實的。梁啟超說：

> 正學異端有爭，今學古學有爭，言考據則爭師法，言性理則爭道統，各自以為孔教，而排斥他人以為非孔教……寖假而孔子變為董江都（董仲舒）、何邵公（何休）矣，寖假而孔子變為馬季長（馬融）、鄭康成（鄭玄）矣，寖假而孔子變為韓退之、歐陽永叔（歐陽修）矣，寖假而孔子變為程伊川（程頤）、朱晦庵（朱熹）矣，寖假而孔子變為陸象山（陸九淵）、王陽明（王守仁）矣，

寖假而孔子變為顧亭林（顧炎武）、戴東原（戴震）矣，皆由思想束縛於一點，不能自開生面。（《清代學術概論》）

寖假，意思是逐漸。這名單差不多就是康有為所云「新學」，即宋人所遵循的「偽經」，「非孔子之經」。梁任公再寫下去，公平些，應該還有他早期的老師，是「寖假而孔子變為康南海……」。二千多年來，寖假出現了多少個孔子？而且往往像多元宇宙那樣平行出現，他像神奇大俠那樣出現在多少本《論語》裏？

孔子對於不知道的事情，主張缺而不言：「君子於其所不知，蓋闕如也。」（〈子路〉13.3）但承認不知，可不是知的終結，而是起點，於是我開始重讀《論語》。

《論語》的語境

1

《論語》無疑是孔子或者與孔子有關的説話，由孔子弟子或再傳弟子以語錄體寫成。香港的教科書，曾按「君子」、「仁」之類主題，把孔子若干説話從《論語》裏抽出，讓學生當成警語、格言學習；認識孔子，淺嘗也是好事，不過用這方法讀《論語》，是有問題的。

當然，《論語》本身的確就是孔子話語的編集。古人讀書諸多不便，於是很喜歡這種去繁就簡的「潔本」，並且用作教材，例如秦簡《為吏之道》、郭店簡《語叢》，以及《淮南子．説林》、《説苑．談叢》等等，不過這些編集，內容往往包容各種思想、流派，只就一般道理而言，裏面大多沒有具體的事件，尤其沒有這麼一個人，一個神化了、聖化了的人，於是好像沒必要深究話語的來龍去脈。

《論語》不同，孔子既為儒學文化的核心，二千多年來，其人起起落落，至今仍在骨子裏影響着我們。要認識孔子，不可不讀《論語》。而孔子的説話，因大多是對話，有個別的針對性。

比較之下，同樣記載孔子的説話，《孔子家語》無疑完整、詳細得多，可惜過去認為是偽書，直至 1970 年代西漢竹簡、木牘等出土，《家語》內容文字與《禮記》、《説苑》、《新序》等互見，説明《家語》不能以全偽視之。

《論語》還是要讀的，要細讀；《論語》中呈現孔子的聲容舉止，活靈活現，讓我們如見其人，這就不是《家語》之類所能及。目前的《論語》分成二十篇，有人説前十篇先出，其後再出十篇，故分上下篇。又有人認定編排是有用心的，並非胡亂湊拼。然而除個別篇章如〈先進〉，主要是孔子對弟子的評價；或如〈鄉黨〉記述孔子的言行、生活習慣；〈子張〉全屬弟子之間的説話；其他則駁雜紛陳，也不乏重複的話語，很難説是有機、統一的組合。而記載孔子説話的環境、對象，都很簡單，許多更沒有列明。質言之，即或曾按內容分類，卻肯定並沒有聯繫孔子話語的背景、孔子的歷程。

話語除了是個人主觀的操作，其實也是歷史、文化、社會的產品，用語言學家的説法，語言的意義並不止於語匯本身，而是整合在文化情境之中。語言學者有所謂 context of situation，此詞本為馬林諾夫斯基（B. Malinowski）在人類學上的用語，再由弗斯（J. R. Firth），以及曾在中國學習的韓禮德（M. A. K. Halliday）等語言學家加以延伸、發揮（朱永生《語境動態研究》）。話語剝離了語境，往往會變得不易解，甚至引起錯解。近世的詮釋學對經典不以為有終極、唯一的解讀，但畢竟承認文本的節制，對傳統對權威也有所尊重，不能虛無地亂解。而文本不是孤立的，有前因後果。何況，《論語》裏有一個活生生的人，一個充滿智慧，對時代充滿抱負，且針砭時弊，因應不同的人不同的環境，提出各種見解的思想家，他的話語，豈止是簡化了的格言。事實上，歷代學者必須借助《左傳》、諸子、《史記》，以至《孔子家語》等等去解讀《論語》，費煞心力，而紛爭不止。試舉兩例：

民可使由之不可使知之（〈泰伯 8.9〉）

子罕言利與命與仁（〈子罕〉9.1）

前者歷來有數十種不同的解說；後者也有不少，連句讀也見仁見智。就是普通如「無友不如己者」（〈學而〉1.8）也不能當放諸四海而皆準的格言，像楊伯峻譯作「不要跟不如自己的人交朋友」，顯然不通，因為實行起來，恐怕人皆「無友」，友情再沒有平等而雙向可說。這個「不如」，何如指追求真理、修養道德，不能量化地比較的東西？

即使曾親炙孔子的弟子，出於各種原因，對老師的理解也有深淺正誤之別。我們知道，孔子因材施教，他的發言，既針對不同的人，也是因時因事有感而發。著名的例子是，顏回、子路、子貢、仲弓、司馬牛、樊遲等先後「問仁」，孔子的回答並不相同。冉求做事畏首畏尾，孔子就給他打氣，要他聽到了道理馬上實行；子路為人急躁好勝，孔子就挫挫他的銳氣，告誡他有父兄在，怎麼可以一聽到道理就做呢（〈先進〉11.22）。又如孟懿子、樊遲、孟武伯、子游、子夏分別問孝（〈為政〉2.5—2.8），孔子各有不同的回答。這一次，朱熹《四書章句集注》引程子，嘗試解釋不同的答案：

告懿子，告眾人者也；告武伯者，以其人多可憂之事；子游能養而或失於敬；子夏能直義而或少温潤之色。各因其材之高下，與其所失而告之，故不同也。

這出諸孔子對弟子的認識與關心，告懿子的不宜移於孟武伯，更不宜移於他人。例子不少。今天的學子，品性才情以及缺失，只有更不同。

2

同題異答，《論語》編者照收，顯然也知道那是老師因材施教，但後期的門人未必如此，這就更需要背景的參照。《禮記》所記弟子對老師有不同的理解，《論語．子張》19.3 中記錄了一則弟子之間承教的分歧：

> 子夏之門人問交於子張。子張曰：「子夏云何？」
>
> 對曰：「子夏曰：『可者與之，其不可者拒之。』」
>
> 子張曰：「異乎吾所聞：君子尊賢而容眾，嘉善而矜不能。我之大賢與，於人何所不容？我之不賢與，人將拒我，如之何其拒人也？」

子夏的門人向子張請教交友之道，子張反問子夏怎麼說呢？門人回答：子夏老師說的，可以相交的，就和他相交；不可以相交的，就拒絕他。子張說：這和我聽到的不同：君子尊重賢人，同時也容納眾人；能夠嘉許善人，同時又能同情能力不夠的人。我要是十分賢良，那我為甚麼不能容納別人？我要是不賢良，人家會拒絕我，那我又怎能拒絕人家呢？子

夏和子張對交友的想法，來自他們的同一個老師，卻如此不同。錢穆說：「二子各有聞於孔子，而各得性之所近。」（《論語新解》）

《禮記．檀弓上》也有一則著名的案例，記載兩位高徒對老師不同的理解。那是有若和曾參談論孔子對喪與葬的想法，看來當時孔子已歿。這裏「喪」，是丟官的意思，不同於「死」：

> 有子問於曾子曰：「問喪於夫子乎？」
>
> 曰：「聞之矣：喪欲速貧，死欲速朽。」
>
> 有子曰：「是非君子之言也。」
>
> 曾子曰：「參也聞諸夫子也。」
>
> 有子又曰：「是非君子之言也。」
>
> 曾子曰：「參也與子游聞之。」
>
> 有子曰：「然。然則夫子有為言之也。」
>
> 曾子以斯言告於子游。
>
> 子游曰：「甚哉有子之言似夫子也！昔者夫子居於宋，見桓司馬自為石槨，三年而不成。夫子曰：『若是其靡也，死不如速朽之愈也！』死之欲速朽，為桓司馬言之也。南宮敬叔反，必載寶而朝。夫子曰：『若是其貨也，喪不如速貧之愈也！』喪之欲速貧，為敬叔言之也。」
>
> 曾子以子游之言告於有子。
>
> 有子曰：「然，吾固曰：非夫子之言也。」
>
> 曾子曰：「子何以知之？」

有子曰：「夫子制於中都，四寸之棺，五寸之椁，以斯知不欲速朽也；昔者夫子失魯司寇，將之荊，蓋先之以子夏，又申之以冉有，以斯知不欲速貧也。」

「喪欲速貧，死欲速朽」（丟官後希望快快貧窮，死後希望快快腐朽），這是曾參對老師的理解，因為孤立，聽其言，而不知其所以言。事實上，倘不問語境，孔子的話確乎很費解；曾參不問緣由，果如孔子所云「參也魯」？《禮記》一書大抵成於戰國末或秦漢之間，反映孔子之後儒家學者的看法。這一段話讓我們看到：孔子的話語，必須結合語言環境去了解，否則連親炙老師的弟子也會錯解。

有若一再堅持老師不會這樣說，這樣說了也是有原因的（「然則夫子有為言之也」）。曾參有點洩氣，要借助另一個同學：我是和子游一起聽老師這樣說的。然後把爭論告訴子游。子游知道前因後果，解釋「死欲速朽」是針對桓司馬奢侈做石椁，三年還沒有做成；孔子批評說：這樣奢靡的人，死了不如越快腐朽越好。「喪欲速貧」則是針對貴族學生南宮敬叔獲罪丟官後逃亡，回國後又想賄買官職；孔子評說：這樣行賄，丟官以後不如越快貧窮越好。速貧、速朽之說，原來各有針砭的對象。這次幸好子游可以提供話語的背景。要注意的是，孔子有時也會說憤激的話，恰如有若所云「非君子之言」。後世儒者不必強為之辯。

此外，孔子誨人不倦，自已也學而不厭，在動蕩的時代，受到各種衝擊，在不同時期，對物事有不同的反應、看法。雖說「吾道一以貫之」，他可不是生而知之，他也在成長，在調整、完善自己的想法，此所謂「教學相長」。如果把去國前的孔丘和去國後的孔丘等同，單一、毫無變化，是否說經歷、挫折，對他來說沒有意義？

3

司馬遷曾引孔子自述何以作《春秋》：「我欲載之空言，不如見之於行事之深切著明。」（《史記‧太史公自序》）話說得真好。然而所見於《春秋》「行事」的書寫，微言大義，無論對後人，又或繩之以《論語》，未至於如王安石所云「斷爛朝報」（《宋史‧王安石傳》），畢竟並不「深切著明」，否則就無需一再有人為之作傳。宋代富弼寫信給歐陽修，表達了多年來讀書人這種困惑：

> 豈當學聖人作《春秋》？隱奧微婉，使後人傳之、注之，尚未能通；疏之又疏之，尚未能盡；以至為說、為解、為訓釋、為論議，經千餘年而學者至今終不能貫徹曉了。（邵博《聞見後錄》轉引，卷21。）

司馬遷的「空言」云云，是引述；下面這一句，則是史遷自己說的：「魯君子左丘明懼弟子人人異端，各安其意，失其真，故因孔子史記具論其語，成《左氏春秋》。」（《史記‧十二諸侯年表》）老師修的書，當時的弟子尚且各執一端，各自表述，何況是不發筆記、講義，並無錄音、簡報的口述？章學誠有名言：「古人未嘗離事而言理。」(《文史通義．易教上》) 講的是六經，是比孔子更古的古人。過去曾有「記言」與「記事」的分法，所謂「左史記言，右史記事」，前例是《尚書》，後例是《春秋》。章氏則認為古代政教不分，言和事的分職不見於《周官》，故不可信。是的，不僅史書難分，私人著作尤其不能分。我想，成書之後，事與言的側重、詳略，容或有別，但當下操作時，要強分事與言，就不切實際，也難以恪守專職。

孔子的說話，如果脫離了語境，那確乎成為「空言」。追溯說話的背景，把說話放在當時其他相關的言說之中，這是要更好地理解說話的意思。追溯不了，唯有放到孔子整個學說去驗證，那是詮釋學者的說法：循環論證，理解的操作經常就是從整體到部分，再從部分返回到整體。

孔子說話的方式

1

《論語》的語境不足，誠為憾事，可是話說回來，這多少也由於孔子說話的方式。學者長期聆聽他「說甚麼」，嘗試了解他的意思，相對地較少留神他「怎麼說」。跟他差不多同期的西哲蘇格拉底，同樣以說話馳名，在柏拉圖筆下是長篇的記載，蘇在對話裏一再向對手提問——他是發問人，然後窮追究問，咄咄迫出所謂真理，像接生。色諾芬筆下的蘇格拉底與柏拉圖並不相同，加上阿里斯多芬的諷刺喜劇，我們至少看到三個蘇格拉底。單就柏拉圖而言，他記錄的蘇氏，學者大多以為早期的較信實，那是平實樸素的蘇格拉底，後期呢，是柏氏自己多些。

《論語》中孔子往往是答話人，答案因人因時因事而異，有時聽似前言不對後語，例如弟子問他對管仲的意見，在〈憲問〉14.6 和 14.17 中他說管仲助齊桓公九合諸侯，「如其仁，如其仁」，「微管仲，吾其被髮左衽矣」。另一邊在〈八佾〉3.22 中又說管仲器量狹小，奢侈自得，不節省人力錢財；又越禮，國君在門外設屏，他也在大門外設屏；國君設宴，堂上築有擺放酒杯的土几，他宴客，也有這樣的土几。好像有兩個管仲，又或者，有兩個說話的孔老師。

管仲還是那個管仲，孔子還是那個孔子。這其實是針對管仲不同的情況，事功與私行，影響有大小，孔子並不一概而論，前者是從宏觀的格局看，後者則是微觀的私行。被他奪走封地的伯氏，對他並無怨言；桓公殺死他追隨的公子糾，他沒有殉節，反而輔助桓公，這是從大局着眼。説管仲「小器」，是個人失德，未如人意。因而他能助桓公成為霸主，止此而已，終究氣量不足，未能貫徹仁政。「如其仁」，翻成白話：「這就是他的仁了」。當然，兩種行為並非全無關係，只是完人難得。

又如〈雍也〉6.7，他説顏回能夠「三月不違仁」，其他弟子呢，行仁只能夠堅持更少的一陣。仁，似乎很難達到。但另一面，〈述而〉7.30 中他卻説「仁遠乎哉？我欲仁，斯仁至矣」。又變得沒有難度了。對弟子，是既有批評，又有鼓勵。這些，即使提供了語境，明白他「説甚麼」，可也要考量他「怎麼説」。

2

首先，孔子説道理，並不下定義。

哲學本身是不能下定義的，因為古今中外的哲學家千姿百態，各有不同的關心、不同的表述，而且恆在變化之中。於是只能在講述某些具體的論題時劃出範圍，好處是，因此明確了，法家最優為之；不好處是，那是限制、是封閉，物事日繁多變，一旦逸出，界定隨即失效。孔子從不把話説死。他總是在對答裏逐步深化話題，從不同的角度設想、延伸。他根本反對設限，反對一言定音。

魯定公曾問他是否有「一言而可以興邦」，他答：要是知道為君之難，也就差不多一言而興邦了。定公又問他是否有

「一言而喪邦」，他答：話可不能說得那麼簡單，國君說話，倘說的正確，沒人違抗，可以引以為樂；可是倘說的不正確，卻沒人違抗，而你仍以此為樂，那麼一句話就足以亡國（〈子路〉13.15）。他說話的對象是國君，於是順着治理之道說話。

「仁」是他說話的核心，那是他最深切的關懷，《論語》中說了一百零九次。但甚麼是仁呢？他有不同的說法，略舉如下：

仁遠乎哉？我欲仁，斯仁至矣。→	仁	← 居處恭，執事敬，與人忠，雖之夷狄，不可棄也。
為仁為己，而由人乎哉。→		← 殷有三仁（微子、箕子、比干）
仁者愛人 →		← 君子去仁，惡乎成名？君子無終食之間違仁。
克己復禮為仁 →		← 無求生以害仁，有殺身以成仁。
己所不欲，勿施於人。→		← 仁者必有勇
仁者安人 →		← 當仁不讓於師
仁者不憂 →		
唯仁者能好人，能惡人。→		
仁者先難而後獲，可謂仁矣。→		
苟志於仁，無惡也。→		

孔子從四方八面去講。從詞源去看，「仁」是二人，是立足於人與人之間的關係，回應不同的人、不同的事。不過，說到底那畢竟是一種價值自覺，要人自我完成（「為仁為己」），他說「古之學者為己」，這跟西方以人為本所講的不同，那是一種外在的契約行為。要是只拈出孔子的片言隻語，孤立地去解讀，是不清楚、不周全的，但加起來，既像回力鏢，去向不同，而復返同一目標；更像箭靶，來自不同發射的箭，都射向它。並且，這是開放式的省思，超越限定。當集合起來看，啊，那就明瞭了，仁，原來統攝各種德行。

3

其次，話語常帶感情。

《論語》裏孔子的説話，是由弟子、門人記錄，筆下頗多情感色彩，這和史官崇尚客觀的記述有別。之前的《尚書》，連韓文公也説它「詰屈聱牙」;《春秋》説甚麼「微言大義」，我們其實看不懂，連王安石也比喻為「斷爛朝報」。其他如《左傳》、《國語》，本位是史事，其中不乏人物精彩的呈現，但少對神色、語調的刻劃，因志不在此。唯有《論語》，全文不過一萬五千九百字，繪形繪聲，靈活生動，讓我們如見孔子其人，先秦文獻，無以尚之。例如：

伯牛有疾，子問之，自牖執其手，曰：「亡之，命矣夫！斯人也而有斯疾也！斯人也而有斯疾也！」(〈雍也〉6.10)

子曰：「賢哉，回也！一簞食，一瓢飲，在陋巷。人不堪其憂，回也不改其樂。賢哉，回也！」(〈雍也〉6.11)

子見南子，子路不説。夫子矢之曰：「予所否者，天厭之！天厭之！」(〈雍也〉6.28)

子曰：「觚不觚，觚哉！觚哉！」(〈雍也〉6.25)

顏淵死。子曰：「噫！天喪予！天喪予！」(〈先進〉11.9)

同語反覆，顯然是孔子説話的習慣，還有大量的助語詞、連詞，記錄者讓我們如聞其聲。《論語》所記，固然主要是孔子理性的思辨，卻大不乏感性的抒情，因記與被記兩者的關係非比尋常，學生、門人並不當一個名流來記述，這麼一個人是他們親近的老師。他們對這位老師企慕、崇敬，且有情感上的交流，老師的信念，潛移內化，成為他們大部分人自己的信念，所以也收錄了許多同學的說話。換言之，這是一種既同感又善解的合作（empathetic cooperation），——可這麼一來，毋寧近現代的小說，融入主人翁的意識、視角，模擬他的口吻。有人質疑柏拉圖中後期以文學的筆調寫蘇格拉底的對話是否可信，伽達默爾回答，文學的寫法，正有助傳神地呈現人物，他說只有通過理想化的視角，描摹一種短暫、稍縱即逝，正在成長或已衰老的容顏，人物的整個面目才樹立起來，成為得以留駐的形象（〈作為肖像畫家的柏拉圖〉）。

這種筆調，其實是語調，二千多年來，塑造了孔子的形象。

4

再其次，孔子善作比喻，包括明喻、隱喻，以至轉喻。

錢穆的少作《論語文解》，以起承轉結的句式為綱領，分析《論語》的句法，逐一舉例。例如第一章「起」，則分對句、排句、對格排調之句、散句。第二章「承」，則有時承、位承；又有單起分承、分起單承，等等。至「轉」，錢穆說：「行文無轉，猶行道者無左右往復而直前，則其道易窮，其行難久。」並認為凡「轉」必自見「結」，再分並承之轉、頂承之轉、虛承之轉。分析詳細、清晰。

《左傳》記孔子說過「言而無文，行之不遠」，但句式齊整與變化，我想，大多出自弟子門人的潤色，倒如排句：

> 子曰：「惡紫之奪朱也，惡鄭聲之亂雅樂也，惡利口之覆邦家者。」（〈陽貨〉17.18）

孔子所惡的東西，自是他的口味，但修辭成文，那麼工整，顯然經過加工。又如〈微子〉18.9：

> 太師摯適齊，亞飯干適楚，三飯繚適蔡，四飯缺適秦，鼓方叔入於河，播鼗武入於漢，少師陽、擊磬襄入於海。

樂師紛紛流亡出外，果爾禮崩樂壞。四個動詞「適」，之後轉為三個「入」，在排比中有變化，當然不會是孔子的順口溜。

不過孔子說話，在句式之外，另有一種，就是喜歡用比喻，包括明喻、隱喻，隨口拈來，所以說他其實很有詩人的文藝氣息，形容鮮活，而且個人風格強烈。例如子貢問老師自己是怎樣的人，孔子答，你像一個器皿。我說這其實就是象徵主義的詩。甚麼器皿呢？子貢追問。「瑚璉也。」（〈公冶長〉5.4）瑚璉是祭祀時盛糧的器皿，很尊貴。再隨便舉例：

為政以德，譬如北辰居其所而眾星共之。（〈為政〉2.1）

朽木不可雕也，糞土之牆不可杇也。（〈公冶長〉5.10）

犁牛之子騂且角，雖欲勿用，山川其舍諸？（〈雍也〉6.6）

不義而富且貴，於我如浮雲。（〈述而〉7.16）

譬如為山，未成一簣，止，吾止也。譬如平地，雖覆一簣，進，吾往也。（〈子罕〉9.19）

偶爾還有轉喻，例如：

子曰：「魯衛之政，兄弟也。」（〈子路〉13.7）

這些喻象，卻不可能是學生的藝增。

5

留神孔子「怎麼說」，可不是說他是形式主義，為了說得漂亮。孔子說話有時竟不用語言，「天何言哉？」（〈陽貨〉17.19）；有時用肢體（〈八佾〉3.11），有時用琴聲（〈陽貨〉17.20）。對了，孔子並不擅說，而是善說，「君子欲訥於言」（〈里仁〉4.24）。孔子回答孟武伯詢問弟子，可見孔子說話的藝術：

孟武伯問子路仁乎？子曰：「不知也。」又問。子曰：「由也，千乘之國，可使治其賦也，不知其仁也。」

「求也何如？」子曰：「求也，千室之邑，百乘之家，可使為之宰也，不知其仁也。」

「赤也何如？」子曰：「赤也，束帶立於朝，可使與賓客言也，不知其仁也。」（〈公冶長〉5.8）

孟武伯是魯國孟孫氏的宗主，輔政魯哀公。他向孔子查問子路，又問冉求、公西赤「仁否」。孔子先答不知，他一直不以仁輕許人，仁，統攝各種德行。何況，是達官點評自己的學生？稱讚，有老王賣瓜，自賣自誇之嫌；貶評，則影響學生上進之途。在追問之下，他說得巧妙，到頭來還是「不知其仁也」，他們是否仁呢，不好說啊，之前卻逐一具體地指出他們可用之才：子路可以做大將；冉求可以當總管；公西赤可以做外長。而進退之間，拿捏恰到好處，這就是「善說」。

才能各異，句式卻是排比，千乘、千室，都不是浮泛之說，至於束帶立朝，更呈鮮活的形象，這可也不似是記錄者的經營。

〈衛靈公〉15.8 載孔子說：

可與言而不與之言，失人；不可與言而與之言，失言。知者不失人，亦不失言。

孔子學生「學而優則仕」，這是過去讀書人幾乎唯一的出路。許多有權之人自然會向名師尋找人才。季康子是其一，他也曾向孔子查問學生的能力，不過與孟武伯不同，問的不是仁德，而是具體的從政：他們可以做官嗎？

> **季康子問：「仲由可使從政也與？」子曰：「由也果，於從政乎何有？」**
>
> **曰：「賜也可使從政也與？」曰：「賜也達，於從政乎何有？」**
>
> **曰：「求也可使從政也與？」曰：「求也藝，於從政乎何有？」**（〈雍也〉6.8）

季康子逐一問仲由（子路）、子貢（賜）、冉求（求）可以從政嗎？孔子逐一清楚地回答：仲由果敢決斷、子貢通情達理、冉求多才多藝，做官，他反問：有甚麼難處（何有）？這等於為學生寫推薦信，迂迴委婉不得，而推薦的話，切忌浮泛，分別說「果、達、藝」，既要證明真有認識、了解，又因材準確地說出。

所以讀《論語》，不單要讀孔子說甚麼，更要仔細留神孔子怎麼說。

眾聲複調的《論語》

1

《論語》的撰寫顯然沒有考慮孔子說話的語境，追溯起來，其實是這種做法背後的思維：把他的說話當成是想當然單一、權威。當年的編撰者如此，後世大部分的儒家學者也把孔子的話讀成單一、權威的格言、警語。

重讀《論語》，我覺得應該從另一個角度考慮，因為我聽到這位偉人的聲音很複雜，喜怒哀樂，甚麼情態都有，而不是始終堅定如一，不是一味高高在上的發號施令。他也有猶豫、徬徨、失望的時候，他是一個不戴面具不用假名的真人。再進一步，在人生取向上，他並不是一味排拒他人。

我把二十篇按內容形式表列，分成四類，章節照楊伯峻劃分（唯五個重出句不算），個別容有不同的分法，分類形式也可斟酌，但應大體不差：

篇（20）	章節數目	一、對話	二、獨白	三、純粹敘事	四、他人／弟子之言
總數	507（5章重見，不計）	163	246	48	50
比例	100%	32.14%	48.5%	9.4%	9.86%
		80.64%		19.26%	
99.9%					

《論語》中孔子的言說，經弟子記述，可理解為一種在場的言說。其中對話佔一百六十三次；獨白二百四十六次，佔最多。巴赫金（Mikhail Bakhtin）說對話是一切言語的本質，獨白可以是對話，倒過來，對話也可以是獨白。不過孔子與弟子以及其他人的問答固然是對話，就是只見「子曰」的獨白章節，因為總有弟子在場，有人聆聽，有人記得，甚或根本有人在發問。不然從何得知？何以有此記錄？因此，所謂「獨白」也有說話的對象，是一種潛對話。提出對話理論的巴赫金，一再貶抑獨白，以為那是封閉、獨斷，不過對話與獨白，可不能片面地理解，他說：

> **獨白和對話的區別是相對的。每個對話在一定程度上都具有獨白性（因為是一個主體的表述），而每個獨白在某程度上都是一個對話，因為它處於討論或者問題的語境中，要求先有聽者，隨後會引起爭論等等。對話至少包容兩個主體的表述，但兩人之間有對話的關係，互相了解，互相應答。**（《文本、對話與人文．對話一》，凌建候譯。）

巴赫金的對話理論，從蘇格拉底的對話濫觴。蘇格拉底與孔子同時，蘇的對話，由柏拉圖、色諾芬等人轉錄，孔子的則是弟子門人，可不知是誰。兩人都是「述而不作」。換言之，都是二手，以至三手，巴赫金以為繼起的是古希臘羅馬史詩，再而複調、雜言的小說。他對複調小說之說，影響極深遠，自上世紀六十年代經克里斯特瓦（Julia Kristeva）等人引進西方，迅即成為顯學。他的理論從小説伸展，已浸透了生活的一切，大如文化、政治，小如人際的關係。八十年代進入漢語場域，也風靡文學文化界，不過大多應用於小説的分析，不見用於討論傳統哲學，更遑論《論語》（張素玫《巴赫金理論的中國本土化研究》）。我以為稍作調整，不妨活用於《論語》，在先秦哲學裏，《論語》最不乏「對話性」。

然則依據上表，對話加上獨白，合共四百零九次，在總數五百零七章裏，共佔八成。其他如他人或弟子的説話，也不乏對話；完全不含説話的敘事，不足一成；兩者合共也不足兩成。此見對話正是《論語》的主要內容，是精粹。過去討論《論語》，真是汗牛充棟，主體的內省越挖越深。今人讀《論語》，意義之一，我以為即是其中的「對話意識」，這也是儒學文化對這紛爭、仁智互見之世的貢獻。孔子當時，幸或不幸，不像孟子，並沒有論敵可言。有趣的是，當面挑剔他的，只有他自己的學生。《論語》那麼多的箋注，當然也是不同的對話；良莠不齊，不少只是廢話，或者借話發揮，但絕少認為對話意識是孔子遺教。戰國後期，荀子上場，下開秦的專政，睡虎地秦簡《為吏之道》云：「非上，身及於死。」

《孔子家語》載孔子指出忠臣的諫言有五種：譎諫、戇諫、降諫、直諫、諷諫；他自己則採取諷諫云云，那是指婉言規勸。孔子好像很會説話似的（〈辯政第十四〉），但《孔子家語》經過整理、潤色。在《論語》裏，當孔子向君主提出規勸，婉轉的不少，但更多的是直諫。有時，對他不同意的政策，當君主詢問，他會沉默不答，又或者説自己不懂，沒有學過（〈衛靈公〉15.1）。他不像孟子，孟子生於論辯成風的世代，不得不爭辯。《孟子．公孫丑》裏說孔子自稱不擅言辭（「我於辭命，則不能也。」），容或是自謙，但對說話，他一再主張慎言、少言，說過「君子欲訥於言」（〈里仁〉4.24），且不喜歡論辯：「君子矜而不爭」（〈衛靈公〉15.22），以至討厭伶牙俐齒的人：「惡夫佞者」（〈先進〉11.25）。在《論語》的對話裏，孔子這個人，一如許多寫作人執筆為文的狀態，他通過對話來表達自己的思考，同時也是通過對話來深化自己的思考。

2

照巴赫金的對話理論，概括而言，對話是問和答、同意或者反對、互動互補的一種關係；即使在獨白中、在意識裏，上述的關係同樣會出現，尤其出現在文字的紀錄裏（*Problems of Dostoevskys Poetics*〔《陀思妥耶夫斯基詩學問題》〕）。這是《論語》所呈現孔子和其他人的基本關係。巴赫金認為對話的前提條件是互相尊重、平等交流；還不止此，用他的說法是：往往是不同意識形態的交鋒。此即巴氏所強調的「對話性」。他認為陀思妥耶夫斯基的小說最能體現這種「對話性」，陀思妥耶夫斯基的小說人物，都是思辨型。孔子當然是思辨型人物，卻並非虛構，《論語》更不是小說，不可能盡合巴赫金的理論，但閱讀以對話為主的《論語》，何妨稍加調整，從巴赫金的理論中得到助益？在現今多元化、追求平等對話的社會，如果再從單一、封閉、獨白式的角度去讀《論語》，意義不大，甚且有害。這是我重新思考的問題。翻開《論語》，我想追問：今人是否還需要讀經？經者，不易之理。我的答案是：不需要。但如果不當是經，——《論語》在南宋才名列十三經之一，在宋代之前，其地位固然不如《春秋》，即使到了朱熹時代，也不是五經之外的第六經，那麼倒不妨讀讀，並且細讀。

孔子的說話，主要的對象是弟子，其次是向他請益的貴族、諸侯的君主，說話的情態，注定是訓誨式、點撥式的；他的身份是人師。別忘了，這是二千五百年前，他是第一個打破貴族的壟斷，開始私人傳授知識的老師。他並不懂得現代的教育理論，但至少在二十世紀之前，世上沒有人比他更懂得並且實踐教育。更難得的是，這個老師可不是絕對的威權，這位老師的好處，也正因為不是永不認錯的威權，不是不需學習的威權。他的話，時而受到弟子的挑戰、反詰（例如子路就當面說他迂腐），有時則彷彿是一種自我的沉吟，時而吞吞吐吐、訴苦、宣洩，更有發現言辭無能為力、徒勞的時候。有時，其實也真像陀思妥耶夫斯基筆下的小說人物，他不單勤於自省，而且是自我裏有一個他者，亦此亦彼，跟自己爭辯，用他的說法是「內自訟」（〈公冶長〉5.27），自我查問、審判：

觚不觚，觚哉！觚哉！（〈雍也〉6.25）

譯義：觚，古代盛酒的器具，上圓下方。孔子說：觚，不像個觚，這是觚嗎？這是觚。

禮云禮云，玉帛云乎哉？樂云樂云，鐘鼓云乎哉？（〈陽貨〉17.11）

譯義：孔子重視禮樂，認為是王化之本。他追問：禮呀禮呀，就只是指玉帛而已？樂呀樂呀，就只是指鐘鼓而已？

巴赫金指出有一種「格言式思維」，那是以格言、箴語形態發表的話語，雖脱離了語境和人聲，仍能以無人稱形式保持原意，成為普遍的意義。《論語》有不少這類格言，無庸置疑，我們總可以從傑出的哲學家、成功人士找到這類話語；從特殊事件尋找普遍的意義，哲學家最優為之。成為格言，則斷章可以取義，但好處同時是壞處。像魯迅筆下的孔乙己，孩童要取他的茴豆，他氣急敗壞，説：「多乎哉？不多也。」他説茴豆已經不多了。重要關頭還引經據典，孔乙己面對的是頑童。魯迅諷刺的，與其説是孔子，不如説是割裂孔子話語的人。孔子這句話的原意，恰好相反，人説他多才多藝，他回答：我小時窮賤，所以學會許多卑下的技能；君子會有那麼多的技能？不會的。（《論語．子罕》9.6）孔子有些説話，放於旁人已不可，遑論放諸四海，例如：

顏淵死。子曰：「噫！天喪予！天喪予！」（〈先進〉11.9）

其情可感，但絕對不是甚麼警語，倘不嫌太過感傷，實你我不宜。芸芸弟子，只有最好學、最能安貧樂道的顏淵才足以令孔子感同身受，死的彷彿是他自己，這是特殊的對象、特殊的境遇。朱熹注云：「悼道無傳，若天喪己也。」變成孔子哀悼的不是一個曾經活生生的人，而是他自己的道；顏淵成為傳道的客體。這是因「天理」而盡棄「人欲」。孔子哀傷的，首先是一個視之如子、最能安貧好學的人。孔子說過「朝聞道，夕死可矣」（〈里仁〉4.8），那是早上聽得道理，即使晚上死去，也沒有遺憾。如是則道未傳，還不可死。「天喪予」這句話要是摒棄人情，就失去感染力，且覺涼薄。李零認為《論語》寫顏回寫得最差，子路最好（《去聖乃得真孔子》）。子路當然寫得好，因為活得久長，量多。但我讀《論語》，以為最感人、最有情味之處，正是孔子對顏回生前死後的說話、應答，有幽默感，有難言，有反覆，因厚葬而引起的問題尤其珍貴，說明弟子並不一定以老師的話說了算，更說明孔子對喪葬的理念：要稱其人。那是質勝，通過顏回，孔子不單可見是一個智者，還同時是一個有血有肉的長者。反而跟子路的對答，比較單一，正因為人物性格梗直單一，眾多對答，到最後仍回到老師對學生的訓誨去。看顏回，我們同時看到不同的孔子；看子路，我們就只看到子路，看到一個樣子的孔子而已。

孔子的情感很豐富。另一弟子司馬牛病重，孔子重複說：「斯人也而有斯疾也！斯人也而有斯疾也！」（〈雍也〉6.10）那是另一種難過的表達。因為具體、深刻、溫情，顯然無意成為抽象的哲理。終年以至一生都是一副人之患的臉孔，了無人氣，既可厭，甚且可怕。

3

下面我略舉《論語》裏孔子的一些説話，以見他表現出各種複雜、不同的情態，豈止劉向《別錄》簡化成所謂「善言」（何晏《論語集解 · 序》），或者孔子自己所提及嚴肅正氣的「法語之言」、順從附和的「巽與之言」（俱見〈子罕〉9.24），又或者朱熹引楊時總結所云的「微言」（〈堯日〉20.1），我概括區別的用辭，未必最恰當，但無損於話語內容的多元異質。為省篇幅，譯義簡省，聊備而已：

1 反復調停之言

子曰：「吾與回言終日，不違，如愚。退而省其私，亦足以發，回也不愚。」（〈為政〉2.9）

譯義：整天和顏回講學，他從沒有不同的意見，像個蠢材。等他退回去自己思考，卻也能發揮，顏回其實不蠢。

子曰：「由之瑟奚為於丘之門？」門人不敬子路。子曰：「由也升堂矣，未入於室也。」（〈先進〉11.15）

譯義：孔子聽子路彈瑟，彈得不好，問怎麼是我教出來的。當門人不再尊敬子路，又為他回護：子路已不錯了，只是未到家。

2 矛盾之言

子曰：「人而無信，不知其可也。大車無輗，小車無軏，其何以行之哉？」（〈為政〉2.22）

譯義：可，指怎麼可以。車轅前端需有橫木以便套上牛馬，這橫木，大車稱輗，小車稱軏，要是沒有，怎麼可以行走呢？

子曰：「言必信，行必果，硜硜然小人哉！」（〈子路〉13.20）

譯義：硜硜然，頑固的樣子。

子曰：「君子貞而不諒。」（〈衛靈公〉15.37）

譯義：君子講大信而不講小信。誠信分大小：貞，大信；諒，小信。

3 教學相長之言

子夏問曰：「『巧笑倩兮，美目盼兮，素以為絢兮。』何謂也？」子曰：「繪事後素。」

曰：「禮後乎？」子曰：「起予者商也，始可與言《詩》已矣。」（〈八佾〉3.8）

譯義：素，指素白；絢，是色彩。這是說白粉是為色彩打好底子。繪畫，需先打好粉底，才好落筆。子夏（商）觸類旁通：循規守禮，還是先需做個光明磊落的人。孔子認為子夏能夠啟發他，可以談《詩》了。

4 肢體代言

或問禘之說。子曰：「不知也；知其說者之於天下也，其如示諸斯乎！」指其掌。（〈八佾〉3.11）

譯義：有人問禘祭，這是天子的大祭。孔子說不知道，然後說懂得禘禮的人，對於治理天下之事，他指指手掌：應瞭如指掌吧。他也不是真的不知道，是不便明說，前章所示，是有人違禘禮。

5 自我修正之言

宰予晝寢。子曰：「朽木不可雕也；糞土之牆不可杇也；於予與何誅？」子曰：「始吾於人也，聽其言而信其行；今吾於人也，聽其言而觀其行。於予與改是。」（〈公冶長〉5.10）

譯義：誅，指責備；對宰予還能責備他甚麼呢。然後說，是宰予說得好聽，就相信他的行為；原來聽了說話，還得觀察行為。因為宰予，我改變了態度。

6 表白解釋之言

子見南子，子路不說。夫子矢之曰：「予所否者，天厭之！天厭之！」（〈雍也〉6.28）

譯義：南子乃衛靈公夫人，名聲惡劣，孔子去見她，子路不高興。孔子為此發誓（矢之）：我如果（所）有甚麼不合禮的事（否），上天會厭棄我！子路是大師兄，人也直率粗卑，好幾次反對孔子，表示「不高興」，要孔子解釋。見下 11「撞鐘應答之言」（〈子路〉13.3），也見〈陽貨〉17.5、17.7。

7 自承失言／戲言

子之武城，聞弦歌之聲。夫子莞爾而笑，曰：「割雞焉用牛刀？」

子游對曰：「昔者偃也聞諸夫子曰：『君子學道則愛人，小人學道則易使也。』」

子曰：「二三子，偃之言是也！前言戲之耳。」（〈陽貨〉17.4）

譯義：孔子到武城，聽到彈瑟習禮的歌聲。孔子取笑在那裏做官的子游（偃）：治理這麼小的地方，何需花大力氣？子游：以前聽老師說君子學道，就會仁愛，百姓學了道，就會容易聽使喚。孔子同意他，自承說笑罷了。

8 若反的正言

子曰：「回也非助我者也，於吾言無所不說。」（〈先進〉11.4）

譯義：孔子說顏回不是幫助我的呵，對我說的話可沒有不喜歡的。這是似抑實揚。不過另一面看，孔子是希望有不同意見，不同意見對自己是有助益的。

9 有苦無路訴之言

顏淵死，門人欲厚葬之，子曰：「不可。」

門人厚葬之。子曰：「回也視予猶父也，予不得視猶子也。非我也，夫二三子也。」（〈先進〉11.11）

譯義：孔子認為不可以厚葬顏回（因為不相稱），但門人不管。他只好歎息，回視我如父，我可不能視他如子，喪葬我也不能作主，學生不聽我的。

10 相譏而實相親之言

子畏於匡，顏淵後。子曰：「吾以汝為死矣。」曰：「子在，回何敢死？」（〈先進〉11.23）

譯義：孔子在匡地受圍困，顏回在後面走散了。顏回不是呆鳥，有其他同學所沒有的幽默感。

11 撞鐘應答之言

子路曰：「衛君待子而為政，子將奚先？」

子曰：「必也正名乎！」

子路曰：「有是哉，子之迂也！奚其正？」

子曰：「野哉，由也！君子於其所不知，蓋闕如也。名不正，則言不順；言不順，則事不成；事不成，則禮樂不興；禮樂不興，則刑罰不中；刑罰不中，則民無所措手足。故君子名之必可言也，言之必可行也。君子於其言，無所苟而已矣。」（〈子路〉13.3）

譯義：子路（由）問老師：衛君等着您去執掌國政，您首先會做甚麼？孔子主張為政，先要正名份。子路竟説何必要正名，您這是迂腐。由此引出孔子一段名正言順的道理來。今天的大學生，敢當面直斥老師，而老師又不過回應弟子「粗卑」而已？

12 推搪否定之言

衛靈公問陳於孔子。孔子對曰：「俎豆之事，則嘗聞之矣；軍旅之事，未之學也。」明日遂行。（〈衛靈公〉15.1）

譯義：陳，即陣，指軍旅行陣之事。孔子拒答，只表示沒有學過。第二天就離開。

13 虛與委蛇之言

陽貨欲見孔子，孔子不見，歸孔子豚。

孔子時其亡也，而往拜之。

遇諸塗。

謂孔子曰：「來！予與爾言。」曰：「懷其寶而迷其邦，可謂仁乎？」曰：「不可。好從事而亟失時，可謂知乎？」曰：「不可。日月逝矣，歲不我與。」

孔子曰：「諾。吾將仕矣。」（〈陽貨〉17.1）

譯義：陽貨是季氏家臣，並非善類。孔子迴避陽貨，陽貨送孔子豬肉，是想孔子會來回禮答謝。孔子打聽他外出時才去。誰知在路上遇見了。陽貨很不禮貌，還說起道理來：胸懷才智，自己的國家卻迷失方向，能說是仁者嗎？喜好從政卻不抓住時機，稱得上明智嗎？一連兩個「不可」，都是對孔子說的，但孔子不似願意對他一再稱是，還是緘默為宜。最後才敷衍回答：好的，我會做官去了。

14 否定語言之言

子曰：「予欲無言。」子貢曰：「子如不言，則小子何述焉？」子曰：「天何言哉？四時行焉，百物生焉，天何言哉？」（〈陽貨〉17.19）

譯義：孔子説：我不想説話了。也許説得太多。你們看天，天説了甚麼呢，四時順序而行，百物隨着生長，天何嘗説甚麼話呢？其意是看具體行事，何需天天嘮叨怎麼怎麼做呢？

15 各是其是之言

(一)

葉公語孔子曰：「吾黨有直躬者，其父攘羊，而子證之。」孔子曰：「吾黨之直異於是：父為子隱，子為父隱。——直在其中矣。」(〈子路〉13.18)

譯義：詳見本書分論中的〈父子相隱説〉。

(二)

子擊磬於衛，有荷蕢而過孔氏之門者，曰：「有心哉，擊磬乎！」既而曰：「鄙哉！硜硜乎！莫己知也，斯已而已矣。深則厲，淺則揭。」

子曰：「果哉！末之難矣。」(〈憲問〉14.39)

譯義：蕢，草筐。一個挑着草筐的人聽到孔子敲磬，説聽出有深意。再而説：淺陋呵，敲得剛勁有力，是抱怨沒有人了解自己，「斯已而已矣」，「斯」是如此，「已」(不是己)指止，意思是既然如此，作罷算了。深、淺兩句引自《詩經》，渡河時，要是水深，衣服反正會濕，連衣走過去就是；水淺，則撩起衣裳。這是諷喻孔子，君子於道，可行則行，不行則止，不必堅持用世。這挑草筐之人，應是一位隱士。孔子則回答：真果斷，沒辦法說服他；或說，照你這樣的說法，不可為就不為，那何難之有呢。

此段之後三、四，大意彷彿，可供互補。

（三）

長沮、桀溺耦而耕，孔子過之，使子路問津焉。

長沮曰：「夫執輿者為誰？」

子路曰：「為孔丘。」

曰：「是魯孔丘與？」

曰：「是也。」

曰：「是知津矣。」

問於桀溺。

桀溺曰：「子為誰？」

曰：「為仲由。」

曰：「是魯孔丘之徒與？」

對曰：「然。」

曰：「滔滔者天下皆是也，而誰以易之？且而與其從辟人之士也，豈若從辟世之士哉？」耰而不輟。

子路行以告。

夫子憮然曰：「鳥獸不可與同群，吾非斯人

之徒與而誰與？天下有道，丘不與易也。」（〈微子〉18.6）

譯義：與上一段大意相彷彿，同樣對孔子提出不同的見解。耕田的長沮、桀溺兩位，也應是隱者，對子路說洪水滔天，誰能改革呢，勸子路與其跟隨孔子逃避壞人，不如避世。孔子各國奔涉，不合意就離開，是謂「避人」，隱者則索性「避世」。孔子聽了，感慨地回答：鳥獸是不可以同處的，我不得不與人打交道。倘人有難，我可以不聞不問嗎？天下有道，我就不參與改革了。

（四）

子路從而後，遇丈人，以杖荷蓧。

子路問曰：「子見夫子乎？」

丈人曰：「四體不勤，五穀不分。孰為夫子？」植其杖而芸。

子路拱而立。

止子路宿，殺雞為黍而食之，見其二子焉。

明日，子路行以告。

子曰：「隱者也。」使子路返見之。至，則行矣。

子路曰：「不仕無義。長幼之節，不可廢也；君臣之義，如之何其廢之？欲潔其身，而亂大倫。君子之仕也，行其義也。道之不行，已知之矣。」（〈微子〉18.7）

譯義：子路跟隨孔子，落在後頭。遇上一位長者，問他可見到孔老師。這長者答「四體不勤，五穀不分」，誰是你的老師。言下有刺。跟上述意近。子路對孔子轉述。孔子囑子路再去，似有意向他辯解，其人卻已走了。這一次，子路有了上兩次的經驗，變得聰明伶俐了，明白孔子知其不可而為之的道理，說：君子出來做官，是盡自己行義之責。道不能行，早就知道了。

（五）

逸民：伯夷、叔齊、虞仲、夷逸、朱張、柳下惠、少連。子曰：「不降其志，不辱其身，伯夷、叔齊與！」謂：「柳下惠、少連，降志辱身矣，言中倫，行中慮，其斯而已矣。」謂：「虞仲、夷逸，隱居放言，身中清，廢中權。我則異於是，無可無不可。」（〈微子〉18.8）

譯義：逸，通佚，「逸民」，指隱居的賢人；與「遺民」不盡同，隱士也未必有賢能。起首七人，是《論語》編撰的人概括記下的，人的時序不對，疑非孔子語，是為下文孔子分評的鋪墊。伯夷、叔齊兩位，能夠不肯屈降自己的志向，不肯令自己受辱。柳下惠、少連，則志向屈服了，受辱了，不過說話符合人倫（言中倫），行動也經過思慮（行中慮），他們的賢，就是這樣罷了。中，符合之意。至於虞仲、夷逸，隱居避世，棄置世事而不發言（一般解「放言」為放肆發言，似與「清、權」不通），但行徑廉潔，廢棄不仕，合乎權宜的做法。我呢，孔子說：我跟他們不同，可進可退，看是否合義。

上述十五類話語，「撞鐘應答」之言原出《禮記．學記》：「善待問者，如撞鐘，叩之以小者則小鳴，叩之以大者則大鳴。」再借《世說新語．言語》龐士元訪司馬德操事例，指孤陋寡聞之人，對大鐘不加撞擊、叩問，即無以聽得宏亮的聲音。

其中「各是其是之言」，最符合巴赫金的所謂「對話性」，又以第三組最可注意，因為那明顯是兩種不同的意識形態，而逐漸深入。他對學生宰我提出的三年之喪，說「汝安則為之」，事後還會對其他學生批評宰我「不仁」，表達自己的想法。對葉地的行政長官呢，則只說我那裏的所謂「直」跟你的不同。「異於是」云云，顯然是孔子的慣用語。而宰我是學生，行政長官則不是。

對長沮、桀溺、丈人三位緣慳的隱士則表現對異見者的尊重，三位對孔子都冷嘲熱諷，其中桀溺還游說子路改轅易轍。孔子只表達自己有所堅持，做法不同。對那位招待子路的丈人，要子路重訪致謝，並解釋自己的行徑，道的不行，早知道了。

他自己說過：「君子和而不同。」（〈子路〉13.23）再提到好些被冷落而能守節的前輩（「逸民」），或不降其志、不辱其身，或言中（符合）倫、行中慮，或隱居棄言，身中清、廢中權，同樣不乏敬意，不過「我則異於是，無可無不可」，如此而已。他同時說過：「賢者避世。」（〈憲問〉14.37）這些，顯示孔子對不同價值取向的人，相當尊重。拿戰國後諸子的爭鳴，各不相讓，他是否太客氣呢？

但孔子真的完全沒有因為挫折而想過避世麼？那念頭那怕是稍縱即逝？而且，他會馬上轉移話題：

> **子曰：「道不行，乘桴浮於海。從我者，其由與？」子路聞之喜。子曰：「由也好勇過我，無所取材。」**（〈公冶長〉5.7）

譯義：桴，用木或竹編的船，大的叫筏，小的叫桴。道不行，追隨我的只有由（子路）吧，子路聽了很高興，當真的，可孔子說由比我更喜歡見義勇為，卻沒有別的可取之才。

我讀《論語》感到最大的可惜，不是孔子不能做官，做有權的大官，而是他跟三位「道不同」的隱士／逸民並沒有相遇，要透過勇而無文的子路為中介，沒有展開更深入的對話。這些隱士／逸民之外，另有一位楚狂接輿，走過孔子時唱歌：算了吧！算了吧！如今的執政者都危乎其危！孔子要跟他說話，他已跑了。（〈微子〉18.5）就是長沮、桀溺、丈人、楚狂，以至晨門的人、荷蕢的人，那些並無一官半職的小百姓、異見者，對他也是一種衝擊，而且擊中他的要害，點出他的不好處，而這，也正是他的好處，《論語》裏要是沒有這些人，從對面、不同的角度說話——你說得夠多了，也讓我們說說，那麼這個孔子是不完整，也是沒有完成的。

《史記》載孔子適鄭，與弟子走散了，獨自站立在城東門。鄭人見了，對子貢說他這個人腦額像堯，項脖像皐陶，肩膀像子產，腰以下可比禹短了三寸，「纍纍若喪家之狗」。

子貢以實轉告孔子，孔子並不以為冒犯，還欣然笑說：樣子，小事，說「像喪家之狗」，對了！對了！神與聖是不會自嘲的，孔子會；況且誰又真見過堯、禹、皋陶等人？當孔子借子路之口對丈人的兒子說：我跟你的不同，這可不是黑格爾式對立統一的辯證法，而是巴赫金式「彼此共存」的對話論；不是一分為二，再合二為一，也不是互換與同化，而是彼此同中有異，異中有同，共時共存，互相尊重。這方面最符合巴赫金的所謂「眾聲複調」（heteroglossia）。

巴赫金認為眾聲複調是文化轉型的現象，他認為從古希臘史詩發展到小說，是從半父權、孤立、單一的文化，演進到多聲道、平等、互動的多元文化。質言之，西方文化是從獨白的大一統，走向分裂、多元，雖相爭而能共存。這寄託了巴赫金當年對蘇俄的期望。東西哲人同樣有「對話意識」，孔子與對話的對象，有感情的牽絆，蘇格拉底則甚少，而孔子且置身於不同的文化困境：周王苟延殘喘，名實已離，他很清楚知道，君權已旁落諸侯，諸侯則旁落家臣，再而由家臣的家臣（陪臣）執掌了國家的命運。整個春秋，大小戰事三百九十五次，孟子所謂「無義戰」（《孟子．盡心下》），真是「禮壞樂崩」。文化大轉型、大裂變，這是《論語》的背景。孔子要重建周的文物典章，要力挽既倒的狂瀾。

孔子從小吏到司寇，在政治上可以發揮的日子很短，嘗試拆毀貴族權力象徵的「三都」一事碰壁，結果受冷遇，不得已去國。他名滿天下，大家表面上都敬重他，要聽他的意見，到頭來可沒有人把意見付諸實行。而且，盛名之下，謗亦隨之；猜忌同行，文學藝術的圈子從來如此，筆下最多「寬容」的人，背後每每中傷同行，遑論政治上的對手。當他在齊國，齊景公對他說不能待之以魯君對待季氏的禮數，只能用低於季氏而高於孟氏之禮，然而，「吾老矣，不能用也」(〈微子〉18.3)。這算是比較坦率的交代。連周公似乎也放棄了他，久矣不入夢中。說他「知其不可而為之」(〈憲問〉14.38)，原來是一個守城門的人，朱熹引宋另一理學家胡寅的話，以為這話是譏諷孔子，「晨門知世之不可而不為」(《集注》)，豈知守城人其實是孔子知音，一語點出當世儒者「知命守義」的精神。這也是孔子與其他隱逸者的分別，倘知不可為也就不為，後世就再無孔子。而晨門，何嘗不是一種踏實的為人為己的工作？

有一事例頗能說明孔子發言的處境。他逝世之前兩年，得知齊國陳恆弒君，齋戒沐浴後請魯哀公出師，但伐齊與否，哀公反而叫他去問季孫、仲孫、孟孫三桓。這是卸責，實情是也由不得哀公作主，權力在季氏手上。孔子一再感歎：「以吾從大夫之後，不敢不告也。」(〈憲問〉14.21)。《左傳》哀公十四年載，孔子分析了出師的勝算。孔子一直拒絕談論武事。昏庸的衛靈公問過這種問題，他答以「未之學也」，下文：「明日遂行。」(〈衛靈公〉15.1) 魯君久矣受制於季氏，只差沒有被弒。哀公的祖父昭公被逐，死在異鄉：哀公自己呢，十多年後同樣被三桓放逐，孔子雖不及見，何嘗不心知肚明？也不過且盡言責而已。

孔子出仕，嚴格而言，其直系上司不是魯君，而是季桓子。夾谷之會，他為魯國贏得名譽、取回國土，《左傳》定公十年云：「孔子相」，這個「相」，是指儐相，主持儀禮，並非宰相。他設計「墮三都」，想還政於魯君，多少有無間道的意味，那是置身虎穴的「內爆」。兩大弟子子路和冉求，也先後為季氏做事。毀三家城牆時，子路即為季氏宰。多年後冉求為季孫徵收田賦，助紂為虐，孔子罵他「非吾徒也！小子鳴鼓而攻之，可也！」（〈先進〉11.16）。老人家憤激異常，翻《左傳》、《國語》，原來事出有因。兩書所記略有不同，意思則一。《左傳》哀公十一年載季孫事前曾派冉求詢問孔子的意見。孔子先是說自己不懂，求問再三，才表示這樣做是貪得無厭，並不合禮。《左傳》寫「弗聽」，因為不中聽。孔子一面要重建已分崩離析的秩序，另一面，自己始終處於邊陲的位置，從未真正進入權力核心。

然則孔子的發言，只是身處邊緣，毋寧是沒有實力的「空言」；無勢無權，他更說不上維護當權，而是妄想要重建失衡的秩序。孔子從沒有天真地以為一言而為天下法，一錘而音定。

4

孔子的話語，主要是對話的形式，其實也正是他開展思維的模式。唐君毅講「人學」時曾提出語言裏有一種「啟發語言」（《人生隨筆．人學》）。牟宗三解釋得更清楚，指出那是科學語言、文學語言之外的第三種語言（heuristic language），儒家、道家講的道理，是理性，不是文學的情感語言，可又不是邏輯實證論者那種講法（《中國哲學十九講．第二講》）。邏輯實證主義者要求「實證」，並不承認不能驗證的陳述，不能驗證的命題談不上真，也談不上假。孔子的言說當然並非科學，他時見情感的抒發，可終究與文學語言有別。他更不像西方人那樣下界定，他講的是怎樣（how），而不是甚麼（what）。《論語》裏，孔子講得最多的仁，那是環繞仁的各種生活的實境，針對不同的人去講。講得最直接到位的，還是回到自我的本體去：「仁遠乎哉？我欲仁，斯仁至矣。」（〈述而〉7.30）又說「為仁由己，而由人乎哉？」（〈顏淵〉12.1）。這是儒家所謂「內聖」的最好注腳。仁，是自我主宰，不假外求的。孔子之孫子思的《五行》區別仁義禮智聖五種德行，其中特別分出「行」與「德之行」，指出行為倘為了因應外在的道德責任，雖合乎仁的要求，只是「行」而已，也還算不得君子。唯有發自內心的德行，才是「德之行」。其後孟子再加發揮，乃成性善説，人之行善，實本性的發揚，不為名與利，不為天堂與贖罪，不為脱離沉淪苦海，不為甚麼。這在中西方道德哲學裏獨樹一幟。

子思「行」與「德之行」的區別，令人想起二千年後康德的「假言命令」（hypothetical imperative）與「定言命令」（categorical imperative）的説法。康德在《道德形而上學的奠基》（李秋零譯注）中界定：如果善行只是手段，為了別的目的而作，那就是假言命令；如果善行就自身而言，且表現為合乎理性意志的原則，那麼就是定言命令。稱之為「定言」，且是「命令」，因為這是先驗的，更是一種強制的誡命、法則。換言之，假言是「他律」，定言是「自律」。我想到朱熹《中庸章句》解「天命之謂性」，云：「命，猶令也。性，即理也。天以陰陽五行化生萬物，氣以成形，而理亦賦焉，猶命令也。」

不過，行仁畢竟要通過待人接物方得以證立，這個自我要經過與他我交往、應答才完滿。換言之，主體之立，必須同時肯定他人的主體。「仁」，是「親也，從人，從二」（《說文解字》），處理的是人與人對等的關係，這個關係，不是主客的「我與他」，而是「我與你」，互為主體。我你在相輔共存的對話關係裏，互補、衝擊。猶太神學家馬丁·布伯（Martin Buber）也有相近的提法，相對於「I-It」，他提出「I-Thou」的關係（*I and Thou*，由 Walter Kaufmann 翻譯）。前者是一種視其他萬事萬物俱為我用的「他者」；後者則並不以他物為客體，而視同獨立自主，跟自己一樣的個體。不過，布伯是神學家，他眼中的「你」，是上帝，我和你的關係即是人與神的關係，這種關係，在他筆下其實曖昧而神秘，是否真能超脫造物者與被造物的關係？孔子呢，則祛魅（disenchantment）。梁漱溟《論中國傳統文化》中的名言：儒家的精神是「互以對方為重」，這很重要，可惜沒有更深入的發揮。

勞思光討論傳統文化何以不能構建民主社會，提出在重德的精神下，「每一心靈，都必自保其絕對不二的主體性」，不會互相肯定對方的主體性，並立關係既不出現，則正名之說，必淪為「層級關係」。「德意我」壓抑了「認知我」，以至「情意我」，儒家學者關心自己的修養，話是否說得正當，考慮理解孔子的話是否妥當，而摒棄了對異見的包容，一句話，是沒有從《論語》讀出對話的意識。而民主的建立，必須從主體開出眾體，所謂「眾多主體並立」，那是肯定自己與他人在對話裏俱為主體（勞思光《自由、民主與文化創生》）。而自我的肯定，又必須出之以謙遜，且可以改進。到了戰國末期，荀子出場，開始排斥異己（參〈和與同〉一文），漢代則獨尊儒術，對話精神，遂消失殆盡。

從這個角度看，無論形式上，以至思想形態上，把孔子的話語解讀成獨白型的金科玉律，既非實然，也非應然。漢朝時，《論語》或稱「記」，或稱「傳」，未入學官（貴族大學），但已備受推崇，是學子必讀之書，逐漸成為經典，孔子成為聖人。子曰：「聖人，吾不得而見之矣；得見君子者，斯可矣。」（〈述而〉7.26）又說：「若聖與仁，則吾豈敢？」（〈述而〉7.34）可沒有人把他的話當真。

在聖化的過程中，對話變成獨白，變成單一、封閉的真理。話語成為威權，於是也衍生另一種闡析威權的威權，傳統讀書人必須通過這些威權，才能靠近孔子。孔子變成了被塑造、被運用、受膜拜，又或者被打倒的客體。

孔子的道理，如仁，如孝，自有普遍的價值，也樂見其得以普遍實踐，但其立足點，是具體的、獨特的，而不是抽象的思維。放眼世界，儒學要對不同時代不同民族有所貢獻，則正是這種獨特性，而不是普遍適用卻往往變得空洞的道理。內部的對話如此，民族與民族、國與國之間的對話尤其如此。你不能沒有自己的個性，可又不能不尊重別人的個性。用孔子的說法是「和而不同」。「同」是單一、同流，泯除差異；這是自言自語。「和」則肯定差異，尋求多樣化、平等互重的對話。

把《論語》讀作對話，則言說是流動的，在話語交流裏互動。這種話語，時髦地說，是文本（text），把前因後果抹去，成為普世金句，以為自身具足，就變成固定了的作品

（work），煞停活動，那是抽刀斷水。文本呢，並未獨立完成，必須聯繫、對應其他的話語。換言之，用克里斯特瓦的話，它有一種文本互涉（intertextuality），是活水，與其他匯流、撞擊，產生水花。我們解讀這許許多多的對話，其實也是嘗試參與對話，而泯除主客。當北宋的富弼表示對經典難以「貫徹曉了」，如果貫徹曉了是指要回到經典產生的時代去，自是一種迷思。子在川上曰：逝者如斯。它去而復返，卻也恆在流逝之中。無論昔日的權威如何懂得水性，他們看見的，已不可能是當年孔子所目睹同一的流水。後人聽到的，也只是他二千多年前喟然而歎的迴響，而渾忘了那其實是水中孔子的倒映，似幻似真，亦幻亦真，可那是亦今亦古微妙而動人的相遇。

和與同

1

孔子生當春秋末，當時既談不上百家諸子，也沒有論敵。和他同時或稍早的文化人只是老子。梁啟超、錢穆、馮友蘭都以為老子後於孔子，隨着各地文物的出土，此說已證明不確。史傳孔子對老子非常尊敬，《莊子》最早記載孔子問道於老子，見於外篇的〈天地〉、〈天道〉、〈天運〉、〈田方子〉、〈知北遊〉等，虛構的多。到了司馬遷，記孔子適周都洛邑（今洛陽）向老子問禮時，老子告誡他要深藏若虛，去傲氣，不要多欲，拋棄造作的神色，以及太大的志向。這是年長者對後輩好意的告誡。孔子告訴弟子，老子真是自己的老師，像龍一樣，「吾不能知其乘風雲而上天」（《史記．老子韓非列傳》）。這是很高的讚美，高妙得無從把握。兩大哲人會面，是漢畫像石一大母題（據邢義田《畫外之意：漢代孔子見老子畫像研究的研究》，出土的至少有七十石）。只是孔子真曾拜會老子？至少漢人是這樣相信的。然而以為儒道不兩立，卻肯定是後世的事，是只見互異，而不見互補。

不過，史遷老子傳的收結，這樣斷言：

> **世之學老子者則絀儒學，儒學亦絀老子。「道不同不相為謀」，豈謂是邪？李耳無為自化，清靜自正。**（《史記．老子韓非列傳》）

老子講「無為」，不是說無所作為，而是不妄為，不妄為而後可以「無不為」。史遷之說，儒道互相排斥，無疑反映了戰國後期學者的看法。原初的儒與道，並非如此，兩子交集而對話，反而很融洽。

據 1993 年出土的郭店楚墓竹簡《老子》，論者多以為是現見最早的抄本，約在戰國中後期，不完整，但已可見內容與流行的今本不同，並沒有抨擊聖賢、仁義、孝慈；相反，是崇尚，是要恢復，一如孔子，例如：

絕智棄辯，民利百倍。絕巧棄利，盜賊亡有。絕偽棄慮，民復孝慈。

老子所棄絕的，是智、辯、巧、利、偽、慮；要爭取的，是民利，不要盜賊；要恢復的，是孝慈。前「利」是指好處，後「利」是指功利。這和孔子後來之說，並沒有衝突。郭店的《老子》也沒有小國寡民、愚民之說。今本的改動，或是老莊後學做的手腳。而《論語》、《中庸》不乏老子飛龍上天的遺響，並不排斥老子「無為」之說：

子曰：「無為而治者其舜也與？夫何為哉？恭己正南面而已矣。」（《論語・衛靈公》15.5）

不動而變，無為而成。（《中庸》二十五章）

竹簡《老子》講「道」，云「以道佐人主」，《論語》則云「以道事君」（〈先進〉11.24）。《老子》講「明道如費」、「道隱無名」，《中庸》十二章則云「君子之道費而隱」。費，廣大；隱，精微。相通的例子不少。

當然，兩子的學說，畢竟旨趣有別，老子用心於形而上的思考，孔子未必沒此能力，只是汲汲於倫常治道，終身為重建周文而努力。老子貴柔，以為柔必勝剛，弱必勝強，但並非絕對；孔子則主張剛柔並濟，剛柔在天秤上，剛稍重，但剛仍需善加學習、節制才行，「好剛不好學，其蔽也狂」（〈陽貨〉17.8）。《中庸》中他認為能努力下工夫，博學慎思明辨篤行，即使愚昧，也會變得聰明；即使柔弱，也會變得剛強。

孔子老子，其實互補，可說和，即使不同。

2

但時移世易，到了戰國，讀書人的「和」的確不再，只強化「不同」。孟子不得不辯，而荀子，更非十二子，除橫掃史魚、墨翟、宋鈃、慎到等等，還遍罵子思孟子子張子游子夏。他替筆下的儒者巧立了許多名目：瞀儒、散儒、腐儒、陋儒、俗儒、賤儒，只稍稍留下一個小儒，另一個雅儒，最好的還是法後王、齊言行、一統類的「大儒」，大儒是誰，不言而喻。但他稱頌孔子、子弓。子弓是冉雍，抑子貢、子弘？學界一直不能斷定。我嘗遍翻荀子書，總覺他跟儒家漸行漸遠，其性惡論源自他認定人的動物性，一味追求利己的私欲，他說：「從人之性，順人之情，必出於爭奪，合於犯分亂理而歸於暴。……用此觀之，然則人之性惡明矣。」（《荀子．性惡》）人倘無超越的意識，順從動物的本能，那麼也談不上善惡，斥責一頭獅子捕食羚羊是「惡」，那是人類「氣質之性」的看法，獅子無非順從本能而已，這本能，居然有調節大自然之功。不然羚羊之類不斷繁殖，獅子也吃草，豈不牛山濯濯？荀子繼而說：「人之性惡，其善者偽也。」這個「偽」，或非今人所指的虛偽，而是經過修飾的「教化」，但你能教化獅子吃齋麼？人何以會違反本性而行善，講性惡的人必須解釋，他說：

> 凡人之欲為善者，為性惡也。夫薄願厚，惡願美，狹願廣，貧願富，賤願貴，苟無之中者，必求於外；故富而不願財，貴而不願勢。苟有之中者，必不及於外。用此觀之，人之欲為善者，為性惡也。今人之性，固無禮義，故強學而求有之也；性不知禮義，故思慮而求知之也。然則生而已，則人無禮義，不知禮義。人無禮義則亂，不知禮義則悖。然則生而已，則悖亂在己。用此觀之，人之性惡明矣，其善者偽也。

這一段很重要，是其學說的立足點，卻高山滾鼓，不通不通，奇怪不見有人留意。他說：人之想行善，是因為性惡的緣故，再推論薄的想厚，醜的想美，窄的想寬，窮的想富，賤的想貴。如果本身沒有，就一定會向外尋求；有了，就不假外求。富裕了不希罕錢財，顯貴了不希罕權勢。

這種「無則想有，有則不求」的匱缺論，只是單向思維，經不起循環論證。否則，好人豈不是要試試作惡的樂趣？轉過來也可以這樣攻擊孟子：人之作惡，是因為你說他性善？而作惡之人，惡貫滿盈，會轉而行善嗎？

其次，他把形而下的物質、地位，到形而上的品德、學養，一股腦兒混同，彷彿都可以量化計算。但無和有、願與不願，如何釐定？且不論有人淡泊自甘；而以為富了就不求財、貴了就不求權，對證現實，可不是這樣。欲海無邊，嫌棄錢太多的有錢人，以及嫌棄權力太大的掌權人，極少。魔鬼手握多少權貴為了戀棧與貪婪而賣給他的靈魂？然則他對人的性惡，也無透徹的了解，他其實並不真懂人性。

世人行善，大多或為名或為利，宗教家則說為了贖罪，或為了脫離輪迴苦海，孟子別有一說「乃若其情，則可以為善矣」，人之為善，只是順應性情，無需作偽。他把善性比喻為「夜氣」，猶天之「微明」，是「四端」之始，如此而已，並非可以一善到底，必須守護、擴充，否則受後天惡劣環境所蔽。宗教哲學，豈同科學，先驗之說，也難以證偽。而孟子舉證清晰，荀子呢，論證薄弱，本身邏輯已說不過去。

或說荀子人性的自私自利，近今世的 DNA 說法。其實基因流動變化，早有「轉座子」（Transposable elements）的檢證，細胞遺傳學家芭芭拉·麥克林托克（Barbara McClintock）發現遺傳基因組並非靜態，而是動態的有機體，不斷在改變。她因此在 1983 年獲得諾貝爾生理學獎。何況，我們，包括荀卿，並非生於茹毛飲血的文明荒漠，文化、語言，好歹不是一張白紙，我們怎會按動物本能行事？

至於他主張「隆禮義而殺詩書」（〈儒效〉），排斥異說，貶棄詩書，都不是孔子之教，其門人出韓非、李斯，其實也是順其學理的發展，故秦法有「偶語詩書棄市」。儒學到了荀子，瑕還多於瑜，是不幸，對中國的文化發展，更是大不幸。

3

禮崩樂壞，實自春秋始，但春秋仍不乏胸襟廣大、包容的文化人，不以為「異物」有害，而是有利。例如著名的子產不毀鄉校（《左傳．襄公三十一年》）所載，鄭國鄉人在鄉校聚會議政，鄭大夫主張把鄉校毀掉，子產不同意，說：

> 夫人朝夕退而游焉，以議執政之善否。其所善者，吾則行之；其所惡者，吾則改之。是吾師也，若之何毀之？我聞忠善以損怨，不聞作威以防怨。豈不遽止？然猶防川：大決所犯，傷人必多，吾不克救也；不如小決使道，不如吾聞而藥之也。

子產說：人們喜歡的，我們就推行；他們討厭的，我們就改正。這是我們的老師。為甚麼要毀掉鄉校呢？我聽說過盡力做善事來減少怨恨，卻沒聽說過靠作威作福來防止怨恨。這可見偉大政治家的胸襟、識見。

史伯則對鄭桓公闡析「和」與「同」之別：

> 夫和實生物，同則不繼，以他平他謂之和，故能豐長而物歸之；若以同裨同，盡乃棄

矣。……聲一無聽，物一無文，味一無果，物一不講。（《國語·鄭語》）

無聽，無文，無果，不講，就病在單一。《左傳·昭公二十年》晏嬰對齊景公同樣諫說「和」與「同」，他說「和」就像烹調肉羹：

水火醯醢鹽梅以烹魚肉，燀之以薪，宰夫和之，齊之以味，濟其不及，以洩其過。君子食之，以平其心。

用水火醋醬鹽梅來烹製魚肉，用柴草燃燒，廚子調和它，使味道適中，味道不足添加佐料；太濃加水沖淡。君子吃起來就內心舒坦。

再說「異」正好相成相濟，「同」則不可：

清濁，大小，短長，疾徐，哀樂，剛柔，遲速，高下，出入，周疏，以相濟也。……若以水濟水，誰能食之？若琴瑟之專一，誰能聽之？同之不可也如是。

「同」，是以水濟水，琴瑟只發一種聲調。這正是後來《中庸》的精神，子思無疑吸收了這種兩端相成相濟、合乎中正的辯證法。合乎中正，就是和。《中庸》云：「和也者，天下之達道也。」

當然，還有比晏子稍年輕的孔子。他不排斥異己，不攻擊異端，不等於和稀泥，不區別和與同。他說和與同，益加嚴別通疏：

君子和而不同，小人同而不和。（〈子路〉13.23）

這句話，今人讀來，一定感受殊深。

不過，可也不能為和而和，和要受禮的節制。弟子有子說：「禮之用，和為貴。……知和而和，不以禮節之，亦不可行也。」（〈學而〉1.12）

孔子有些話，是從負面說的，例如：「子絕四——毋意，毋必，毋固，毋我。」（〈子罕〉9.4）那是杜絕四種弊病：不主觀揣測，不絕對肯定，不泥執己見，不唯我獨是。

有句否定的話，聽似平常，我以為說得極好，仲弓問仁，孔子答：

己所不欲，勿施於人。（〈顏淵〉12.2）

自己所不喜歡的，就不要施加於別人。孔子可沒有說：己所欲，施於人。世間的大病，遠比新冠肺炎厲害，而且病歷深廣：其一是排他，其二是強加。二者其實是一病的併發——我喜歡的，我認定正確的，就強加於別人；不是我喜歡的，不是我認定正確的，就是異端，非打倒不可。大如宗教、政治，小如學理、價值觀、品味。

不過南宋有一位陳淳，另有見解，以為夫子所謂己所不欲，勿施於人，只是就一邊說，另一邊呢，「凡己之所欲者，須要施於人方可」。他認為這才是恕道（《北溪字義·忠恕》）。這位理學家，雖非白人，卻是「白人擔子」（The White Man's Burden）的先聲。

孔子其實已從另一邊說過，他這樣回答子貢問仁：「己欲立而立人，己欲達而達人。」（〈雍也〉6.30）這話跟朱熹這位大弟子之說，似相近，實相遠。孔子說：我想有所成就，也想別人有所成就；我想事情通達，也想別人事情通達。孔子的立與達，並沒有凡己之所欲，必強加他人之意。那個橫掃一切的「凡」字，尤其可怕。人世的悲劇，往往來自以為好的，要強加他人，又或者以為對方不能辨別好壞，為他好，於是強加。

和而且同，最妙，問題在絕對同一的，何須和，它就是它自己。因為不同，才需要尊重，需要和。

他山之石

1

「他山之石，可以攻玉」，這是《詩經》的句子，原詩為「它山」，即異地的石頭。古人鍾愛玉器，遠非其他民族可比。玉是礦物，要它好看，需用砂石打磨。換言之，沒有砂石之助，玉也不會成好看的形。我們看自己，有時不一定清楚，往往習焉不察，借助別人的眼睛，才看出自己獨特的地方。我們看別人，仔細地看，認識別人之外，同樣可以更認識自己。中國過去很重視鏡子；鏡，古人叫鑑，《詩經》又說「殷鑑不遠」、唐太宗也說「以銅為鑑」，能夠借鑑，那是謙虛、容納不同的做法，只是不要自以為是玉，以為不同的東西無非是砂石。

我們需要鏡子。但鏡子也不一定都是好的，不宜照鏡全收，因為世間儘有不同的鏡子，不同背景的鏡商，說着不同的鏡語。但無論如何，總有助我們反思，讓我們自己判別、選擇。從對面看，我們同樣可以成為鏡子，讓別人參照、得益。

德國哲學家卡爾·雅斯貝爾斯（Karl Theodor Jaspers，另譯雅斯培）在 1949 年提出「軸心時代」（Axial Age）之說（*The Origin and Goal of History*，未見中譯本），指公元前 800 年至 200 年間，世上不約而同出現了好些大思想家，出自波斯、中國、印度、希臘、以色列等地，對人類的處境有了嶄新的領悟，而尋求超越，於是發生一系列的文明突破。他們各不認識，卻儼如建立了那麼的一個軸心。中國的聞一多也有相近的看法，而且早在 1943 年。我在學生時代，對聞氏極有興趣，他在〈文學的歷史動向〉一文已用詩人的筆調，感性地指出：

> 人類在進化的途程中蹣跚了多少萬年，忽然這對近世文明影響最大最深的四個古老民族——中國、印度、以色列、希臘——都在差不多同時猛抬頭，邁開了大步。……四個文化，在悠久的年代裏，起先是沿着各自的路線，分途發展，不相聞問，然後，慢慢的隨着文化勢力的擴張，一個個的胳臂碰上了胳臂，點頭，招手，交談，日子久了，也就交換了觀念思想與習慣。最後，四個文化慢慢地的都起着變化，互相吸收，融合，以至總有那麼一天，四個的個別性漸漸消失，於是文化只有一個世界的文化。這是人類歷史發展的必然路線，誰都不能改變，也不必改變。

最近我讀到余英時的《論天人之際》，看到余氏討論「軸心突破」已加以引用。五四詩人，聞一多最是博識睿智，所云「四個文化」，他特拈文學，舉出中國的《詩經》、印度的《梨俱吠陀》、舊約的希伯來詩篇、希臘的史詩，各擅勝場。這是了不起的洞見，拿來看思想界同期的表表者，例如孔子、老子、蘇格拉底、柏拉圖、釋迦牟尼、穆罕默德等等，無疑是對應的。儘管他沒用上「軸心時代」一詞。儘管，我們也沒有那麼樂觀，以為四個文化最終會融合起來。但至少，先尊重不同，招手，交談，承認互為對方的鏡子，存異，再求同。

譬如說，當孔子自稱「我叩其兩端」，這兩端，照當代西方學者看來，例如史華慈（Benjamin I. Schwartz）、郝大維（David L. Hall）、安樂哲（Roger T. Ames），認為這根本就是儒家思想的根源，跟西方傳統二元論（dualism）思維，形成最大的分歧。這就是很好的鏡子，有助我們反躬自省，更清楚「兩端」的關係，更好地理解「異端」。

郝大維、安樂哲合著的 *Thinking Through Confucius*（1987），初版以來，頗受注目，中譯有兩個版本，一個叫《孔子哲學思微》，譯者是蔣弋為、李志林；另一個叫《通過孔子而思》，譯者是何金俐。兩位洋學者各有專長，彷彿就是「兩端」，已故的郝大維深研西方哲學，安樂哲則是漢學家，兩端合作，通過中西方如何思考（thinking），突顯兩套不同的思維模式。他們認為哲學的比較，存異比求同更有意義，承認雙方的思考方式各有不同的預設，比認定雙方有共同的設定，成果會更大。差異，才讓人認識到別的可能，不同的文化可以互補，而不是對抗。世間的對抗，要是不能把對方滅絕，倒不如坐下來商量。

郝大維、安樂哲兩位從西方文化的發展找出問題，再細看孔子在《論語》中對問題的解答。這是對問題的另類參考；中西的對話，可並沒有要取消另一方的意思，不過過去或出於語言的誤譯，或出於以一個模子硬蓋另一個模子，孔子在西方一直受排斥，以為儒學並不是嚴格的「專業哲學」，只有西方才會哲學地思考。錢鍾書指出，大家如黑格爾嘗鄙薄中國語文，以為不宜思辯（《管錐篇》）。黑格爾其實對中國所知甚少，其來源是早期少數傳教士的書，卻判定孔子只是道德家，無法和蘇格拉底、亞里士多德、柏拉圖相比（黑格爾：《世界哲學講演錄》）。

郝、安兩位先闡述西方哲學各家對思考的說法。由於神學創世說的傳統，二元論深入各個層面，神／人、超驗／現實、主／客、心／物、理性／感性、理論／實踐、目的／手段、科學／文學等等分離，以至對立。二元分立不是問題，問題在此端要壓倒彼端，造成種種困擾，甚至危機。他們認為到了當代（上世紀九十年代），興起眾多的新旗幟（其中文化批評衝擊尤甚），才撼動種種原先的假定。

2

然後孔子出場。西方在思考上的難題，對於孔子，根本不成問題。兩位學者通過天人合一、「學、知、思、信」四者互相作用，發掘二千多年前中國哲人怎樣思考，他們稱之為「概念的兩極性」（conceptual polarity），這跟西方二元論的思維模式迥異。孔子對形而上學未加深究，那留待弟子門人思孟學派的發揮，他關心的是特定的人在特定環境中的舉措。所謂「兩極性」，照兩位學者的話：

> 概念的兩極性要求概念之間有意義地相互聯繫，……兩極性概念常用「陰」、「陽」兩個概念來說明，「陰」並不超越「陽」，反之亦然。「陰」

總是「轉變成陽」，「陽」總是「轉變成陰」；黑夜總是「轉變成白天」，白天總是「轉變成黑夜」。

……

儒家的宇宙論可謂「有機體」，（跟西方）重要之別，是沒有任何成分或層面在嚴格的意義上凌駕於其他，世上每一物都與另一物關聯，全都「對應關聯」（correlative）。

黑夜變白天，白天變黑夜，即是《易．繫辭下》所云相推而明生、相感而利生，彼此平等互惠：日往月來，月往日來，日月相推而明生。寒往暑來，暑往寒來，寒暑相推而歲成。往者屈，來者信，屈信相感而利生。洋學者下文再解釋：

所謂「兩極性」，試以兩種現象的關係來說明，每個現象都是另一個現象依存的必要條件；……每一極都只有通過另一極才能得到解釋，「左」有賴於「右」，「上」有賴於「下」，「自我」有賴於「他我」。

……

如果中國傳統是由兩極性的概念奠定，那就可以合理地預期，兩極性會體現在中國古代思想的主要領域——社會和政治哲學中。

……

二元論／兩極性最深長的意義分別見於心與物的關係。心靈與肉體 soma 的二元關係一直困擾着西方傳統，引發種種難題。古典中國形而上學的兩極性，心與物對應關聯，並不構成問題。不是說中國思想家能夠調和兩種對立，而是他們並不認為兩者是不同的本質。

然則，既然互相依存、確立，那麼此端就不會取消彼端，就不會鳴鼓而攻「異端」。

3

近人多不以為《易傳》是孔子之作，其中〈繫辭上〉所謂「一陰一陽之謂道」，顯然吸收了道家的自然觀：任何事物都有陰陽的兩極，雖相反而實相成，萬物才得以生生不息。《易傳》引述了不少孔子的說話，畢竟總結了先秦儒家的認識，跟《中庸》肯定事物雖對立而彼此依存的思想無疑是相一致的。深研中國科技史的李約瑟卻把陰與陽分化，變成互相對抗，他認為：

> 儒家的知識是一種男性的陽剛知識，道家譴責這種知識；道家追求一種女性的陰柔知識，它只能來自對自然界的觀察採取一種被動的和順從的態度。（《中國科學技術史．卷二科學思想史》）

這是李氏科學發展唯西方是瞻的偏見。他說孔子遇見的長沮和桀溺，「從儒家觀點來看是兩位不負責任的隱士」，「不負責任」言重了，說他們不負責任而要誅殺的是戰國時的趙威后，是其後的法家，孔子只是說：「天下有道，丘不與易也。」（〈微子〉18.6）天下太平，我就用不着去改變它。他是解釋自己，而不是譴責他人。這是他一貫「我則異於是」的態度，對另外兩位隱士伯夷叔齊，更只有尊重、讚揚。

道家的陰柔，是和陽剛互補，不會揚陰而抑陽。事實上，陰陽兩極互補的思維，先秦思想家莫不如是，漢之後當然大不乏大男人的儒家，可不能一概算入早期儒家尤其是孔子的帳。

例如老子的《道德經》，「陰陽」一詞只出現一次，卻說了許多陰陽辯證的道理：負陰抱陽，知雄守雌，是政治活動、處世的原則。墨子〈辭過〉也說：

> 聖人有傳：天地也，則曰上下；四時也，則曰陰陽；人情也，則曰男女；禽獸也，則曰牡牝雄雌也。

專論陰陽、五行的是管子的〈宙合〉，甚麼「夫天地一陰一陽」，「春採生，秋採蓏；夏處陰，冬處陽，此言聖人之動靜、開闔、詘信、浧濡、取與之必因時也」。

浧濡，指光滑與滯澀。只浧不濡，不行；只濡不浧，也不行。而要互補。李約瑟研究中國科學技術史，成績顯著，不過相當「尊題」，於是孔子「未知生，焉知死」、「不語怪力亂神」，相對於殷周以來的迷信鬼神，本來是回歸人文的革命言論，卻成為了「堅決地懷疑和反對任何一種超自然主義」，損害了科學的發展云云。他在導言中斷定：儒家「對於科學的貢獻幾乎全是消極的，從儒家很容易轉向它的勁敵道家」。他把中國科學的發展放在西方的框架裏，卻無視中國自己的歷史文化的發展，説得斬釘截鐵。儒道釋之於科學，是否全是消極的，陳榮捷有一鴻文〈評李約瑟《中國科學思想史》〉，多所辨正，收於《王陽明與禪》一書。

李約瑟另有一問題，一度受中國人重視：儘管中國古代對人類科技發展貢獻良多，但為甚麼科學和工業革命沒有在近代的中國發生？這是所謂「李約瑟問題」。這其實是偽命題，之所以受中國人重視，因為強國心切，更由於他説中國科技在十六世紀前領先世界，且為此做了大量的考證，事實上極有成果，很中聽。

問題在西方現代科學的誕生，不是某朝某夕的斷代，不是由於文藝復興、工業革命、資本主義的興起之類，而要追溯到古希臘、哥伯尼、牛頓等等，一路的累積，並且多方轉益，例如阿拉伯的翻譯運動、伊斯蘭科學的衝擊。這其實也是一種他山之石。而更重要的，每種文化總有自己獨特的個性，然後吸收，汰選，融合其他。科學的發展，豈能獨立於文化、民族的背景之外？

遲到上世紀八十年代，李氏之説在華文界仍不乏影響力，之後再少人問津。這方面詳細的論述，可參看余英時的《論天人之際》，他指出歷史學家從沒有發現一條普遍而有效的歷史規律，連馬克思也不以為西方模式可以通行天下。不同文化可以比較，但不能用同一標準去衡量。那種「演進一元論」，其實是西方中心論的體現。他引用湯因比的説法，尊重所有的文明，但西方文明，主宰這世界一二百年，已呈現內在的限制，絕不可能單獨引導人類走出困境。

然則李約瑟之誤，是把科學從文化的整體脈絡中剝離，以為中西的科學傳統走的是同一條路，路的終點一定是羅馬，而忽略了十六世紀前後中西方社會、經濟、歷史、文化種種迥異的因素、不同的生成。香港近年也有年輕學者重提「李約瑟問題」，明顯是受教科書的影響，上世紀九十年代高中必修的中國語文及文化科（此科今已刪去）收了毛子水〈中國科學思想〉一文，文裏就煞有介事提出「李約瑟問題」。此文很糟糕，肯定中國人有研究科學的思考能力，例證是曹沖稱象的故事，豈知這故事，陳寅恪早指出源自印度佛經。

4

據郝大維、安樂哲的觀察：中西方哲學都有一種自我文化中心（ethnocentric）的心態，所不同的是中國式的根植於以為文化自足，而西方，卻建立在普遍主義（universalistic）的信仰上。是的，所謂「白人的擔子」即從這種普遍主義而來，可出於善意，例如李約瑟；也可出於惡意，成為帝國主義者。

在 *Thinking Through Confucius* 一書裏，他們從世界視野裏回看孔子，重新理解孔子獨特之處，頗多洞見，確乎是他山之石，彼此彼此。這裏舉一個中國傳統著名的案例，這例一直備受爭議。那是伯夷叔齊義不食周粟，餓死首陽山的故事，李約瑟即以為儒家視之為「不負責任」的態度。伯夷和叔齊是商末孤竹君的兒子，父親臨終立三子叔齊繼位。這幼弟要讓位給長兄伯夷。伯夷認為這是遺命，不肯接受，逃走了。叔齊則以長幼有序為由，不願接位，也逃走了。帝位由二兄繼承。逃位的兩兄弟，聽聞周文王美名，走到周地去。後來武王伐紂，兄弟倆曾加以勸阻，不獲接納。商亡後，二人認定武王不義，拒絕周室的供養，又避到首陽山去，採薇而食，結果餓死。

孔子要重建周文，稱頌取代暴君的周天子，卻又肯定伯夷與叔齊，豈非矛盾？

> 子曰：「不降其志，不辱其身，伯夷、叔齊與！」（〈微子〉18.8）

孔子說伯夷與叔齊不降低自己的理想，不屈辱自己的身份。〈微子〉一章記了許多逸民、隱士，有歌諷孔子不如算了吧的楚狂，有主張與其避人不如避世的田夫，總之，對孔子而言，都是與自己不同的「異端」。這一章很重要，像鏡子，從對面照見孔子，沒有這鏡子，我們就看不清楚孔子。伯夷與叔齊的做法，*Thinking Through Confucius* 的作者，補充〈季氏〉16.11 中孔子的話：「隱居以求其志，行義以達其道」，這兩個讓位的兄弟，反對一切暴力，後人是會銘記的，然後指出：

> 孔子認為伯夷與叔齊不擁護武王是行義，同時卻又給武王崇高的讚譽。這一事實說明，孔子把「義」看做個人判斷的實踐，而不是某種客觀

的正確標準。孔子樂於稱頌伯夷和叔齊為「仁」，那是出於自己對「寬容」的信奉，但自己跟他們不同，「我則異於是，無可無不可」。這清楚表明，孔子並不是按照必然的誡命或者普遍的理念來思考。孔子讚揚伯夷和叔齊的品格，同時認為他們缺乏靈活變通而與之保持距離。孔子尊崇周朝，他要是處於伯夷和叔齊的處境，也許會有不同的判斷。不過孔子並不要求別人和他一樣。

我覺得這是通情達理的解釋。每個人要為自己的行為做判斷，為自己的行為負責；而這行為，出之於信念，而非一己私利，則「無可無不可」，視具體的實際情況，並不泥執某一端。孔子的看法、胸襟是這樣，這同時是處事的方法，不是鐵板一塊的方法。這其實也是一種不同的理分。〈述而〉7.15也可補充，子貢問孔子伯夷、叔齊是甚麼樣的人？師徒這樣對答：

曰：「伯夷、叔齊何人也？」
曰：「古之賢人也。」
曰：「怨乎？」
曰：「求仁而得仁，又何怨」？

孔子生而知之？

1

孔子曾自述歷程：

> **吾十有五而志於學，三十而立，四十而不惑，五十而知天命，六十而耳順，七十而從心所欲，不踰矩。**（〈為政〉2.4）

經過有志於學以後，而立、不惑、知命、耳順，然後從心所欲，不越規矩，孔子概而言之，不必拘泥逢十進一境。這是一位博學睿智，而名滿天下的長者，親切的回顧。然而，《四書章句集注》引程頤的解說是「孔子生而知之，言亦由學而至，所以勉進後人也。……聖人未必然，但為學者立法」云云，既說孔子生而知之，說學而至，不過是為了勉勵後人。去掉了「吾」的自稱，挪移是為後學「立法」；分明說「我」，卻量化而為「他們」。

生而知之，這個「知」，指的是知識、學問。孟子「性善」之說：「人之所不學而能者，其良能也；所不慮而知者，其良知也。」（《孟子．盡心上》）指的則是人初生之性，人皆有之，是毋庸外求，不用學的善。牛山濯濯，是因為沒有把這初心好好守護，沒有好好擴充。他說：「學問之道無他，求其放心而已矣。」（〈告子上〉）學問，無非是尋求佚失了的心。

理學家顯然不盡滿意。他們分出「生而知之」與「學而知之」兩種，一面肯定孔子是聖人，義理不待學而知；另一面，既然孔子自稱「好學」，另有彌縫的解釋：

> 縱使孔子是生知，亦何害於學？如問禮於老聃，訪官名於郯子，何害於孔子？禮文官名，既欲知舊物，又不可鑿空撰得出，須是問他先知者始得。(《二程遺書．卷十五》)

程頤既說孔子是「生知」，但另一面又以知識論的「學而知之」為本，程頤繼而說：

> 格物窮理，非是要盡窮天下之物，但於一事上窮盡，其他可以類推。……知至則當至之，知終則當終之，須以知為本。

把聖人的種種學習解釋成消極的「無害」，真費煞思量。到了朱熹，更強調知識的重要，是先知，後行：

> 知行常相須，如目無足不行，足無目不見。論先後，知為先；論輕重，行為重。(《朱熹語錄》卷九)
>
> 格物者，格，盡也，須是窮盡事物之理。若是窮得三兩分，便未是格物。須是窮盡得到十分，方是格物。(《朱子語類．大學二》)

程朱強調學問之道貴在尋根究柢，鑽研的必要，「格物致知」之說來自《禮記・大學》，很好，以為格物是窮理，理有未窮，則知有未盡。這麼一來，無疑與先天的良知良能分途，「生而知之」與「學而知之」，一主內，另一向外。現實告訴我們，文盲的壞蛋，所作之惡，豈及學富五車飽學之士。阿當夏娃被逐出伊甸園，是因為吃了知識之果。

《遺書》中程頤談到孔子「唯上智與下愚不移」（《論語・陽貨》17.3）之說，他又解釋「性」與「才」有別，不移的是性善，性出於天，才出於氣；才有善與不善，性則無不善。所謂下愚，是指那些不肯學、自暴自棄之人：

> 唯上智與下愚不移，非謂不可移也，而有不移之理。所以不移者，只有兩般：為自暴自棄，不肯學也。使其肯學，不自暴自棄，安不可移哉？

夫子聽了，大抵只會莞爾而笑。所謂「才」，實在也是孟子的詞彙，他說「求則得之，捨則失之」，失之，是由於「不能盡其才」，「才」乃指人原初的善性，與「性」沒有分別。不過，平心而論，倘對具體物事不加以「窮究」，格其兩端，取捨抉擇之間，此心何以牢靠地「安頓」呢？知其然，最好還是知其所以然。

孟子良能良知的道理，要到明代的王陽明重新發揚，他批評程朱，云：

不知至善之在吾心，而求之於其外，以為事事物物皆有定理也，而求至善於事事物物之中，是以支離決裂，錯雜紛紜，而莫知有一定之向。(《王陽明全集》卷二十六)

朱熹的「知為先，行為重」之說，其對手陸九淵本已斥責為「支離割裂」，割裂影響之下，讀書人大多言行不一，言說上振振有詞，卻始終不見於行動，尤不見善行；又或合理化自己的惡行，成為社會病態。陽明提出「知行合一」，即在挽救時弊，重新把知和行統一起來。他晚年「致良知」，也說「格物致知」，但針對程朱之說「致知云者，非若後儒所謂充廣其知識之謂也，致吾心之良知焉耳」。「格」者，是「格正」，是要改正而實踐這良能良知。他病中最後的一封給弟子的書信，說：

蓋良知只是一個天理，自然明覺發見處，只是一個真誠惻怛，便是他本體。故致此良知之真誠惻怛，以事親便是孝；致此良知之真誠惻怛，以從兄便是悌；致此良知之真誠惻怛，以事君便是忠：只是一個良知，一個真誠惻怛。(《傳習錄》中二)

這些，是孔子一千年後的後話，說得漂亮，可這麼一來，也就無勞「充廣其知識」了。

2

孔子自述一生的經驗歷程，固然並非人人如此，並非人人能臻此，程朱懸為法式，決非孔子的本意。他說「加我數年，五十以學，亦可以無大過矣」(〈述而〉7.17)。多給我幾年，讓我學到五十歲，庶幾可以不致有大過失了(《古論語》作「易」，指《周易》)。他自稱不是無過，而是無大過。

何況，每個階段的進境，絕對不是自然而然的，恐怕也不單「由學而至」，而是要親歷連串深刻、有意義的事件(a series of significant events)，然後獲得啟悟(initiation)。孔子沒有說明十五歲何以會「志於學」，——要是具體地呈現，就近乎源自德國的「成長小說」(Bildungsroman)的東方版。西方啟悟故事，像喬伊斯(James Joyce)的《一個青年藝術家的寫照》(*A Portrait of the Artist as a Young Man*)，寫青年藝術家在現實與理想之間掙扎，終於決定投身藝術，就因為一次美感經驗的撞擊。神學家奧古斯丁(Aurelius Augustinus)自述從放縱、疑神的生活決心轉向宗教，則是一次散步時聽到聖靈的召喚(《懺悔錄》)。中國的禪宗慧能，也是偶然聽人誦《金剛經》開竅，毅然離家尋師求佛。他後來講道，不完全否定漸修，而更主張「頓教」。

但孔子之為孔子，卻是漸修而成。縱觀孔子一生，經歷多少危機與挫折？少年時就要為自己爭取身份的權益，《史記》說他連父親的墓地所在也不知，要請教人，母喪後束着麻帶想去出席季氏的歡宴，被陽虎喝退(《孔子世家》)。這或者就是他立志努力求學，不要受人白眼的動力。後來離國輾轉求仕，終失意而回，到了晚年才知道道之不行，要是真的早知道之不行，就不必上路，但唯有在路途，所見所聞，才眼界大開，所失另有所得。孔子之成為孔子，是因為這種種過程，而非先秦其他諸子所能及。〈述而〉載了孔子好幾句自述的話：

我非生而知之者，好古，敏以求之者也。（7.20）

三人行，必有我師焉。（7.22）

蓋有不知而作之者，我無是也。多聞，擇其善者而從之；多見而識之；知之次也。（7.28）

孔子固然有「生而知之」與「學而知之」之說，但「生知」，沒加闡明，倒是一再努力，為自己的「生知」解魅。〈述而〉7.23 又載他自稱「天生德於予，桓魋其如予何？」他說上天賦予我高尚的品德，還有下句：要殺我的桓魋能奈我何？幸勿泥執字面，以為孔子自誇品德，從天而來，他人要殺也殺不得。他曾說「性相近也，習相遠也」（〈陽貨〉17.2），人的本性，是相近的，後來由於不同的習染，才有的善，有的惡。換言之，孔子的「性」，還沒有區分善惡。其後郭店楚簡的《性自命出》繼承此說，也並沒有性善抑性惡之說：「四海之內，其性一也。其用心各異，教使然也。」人性一樣，人心不同是教育的結果。「習」和「教」可以互通。人性分善惡還有待他的另外兩位高材，而各執一說。

然則孔子的善德，又豈真的是「天生」，不用多聞多見多悟？傳說他年輕時向老子問禮；〈八佾〉3.15 則云：「子入太廟，每事問。」又以郯子、萇弘、師襄、老聃等為師；又傳說他向七歲的項橐請教。子貢尊老師為日為月，無人能及，衛國的公孫朝問：仲尼的學問是從哪裏學得的？子貢答得好：老師何處不能學習？又哪裏有固定的老師？(「夫子焉不學？而亦何常師之有？」〈子張〉19.22)

《論語》提及「知」的各種範疇、性質、效用，或為動詞，或為名詞（通「智」），其來源是多聞多見的「學」，學之不厭，「學」並且必須辯證地結合「思」。《皇疏》解「學而不思則罔，思而不學則殆」(〈為政〉2.15）很精到：「夫學問之法，既得其文，又宜精思其義，若唯學舊文而不思義，則臨用行之時，罔罔然無所知也。」

王充的《論衡》舉出許多個孔子非生而知之的例子（《論衡．實知》78）。朱熹並不輕忽考據、訓詁，但一切以理為先，有時不惜以「理」害意，而他的《集注》為元朝科舉必修書，主宰讀書人這樣讀《論語》近六百年。讀書人讀到宋儒侈言孔老師生而知之，姑且學學無妨，難保不惘惘然，深愧形絀，打擊真不可謂少。

二、分論

宰我與孔子之辯

1

《論語》中宰我曾向孔子提出一個頗有挑戰性的問題，有那麼一個仁者，當有人告訴他另一個仁者墜井，他應否跳下去拯救呢：「仁者，雖告之曰：『井有仁焉。』其從之也？」（〈雍也〉6.26）意思很明顯：跳下則自身不保，不跳，即是見死不救。老師不是鎮日仁不離口麼？

孔子沒有直接答覆，而是：「何為其然也？君子可逝也，不可陷也；可欺也，不可罔也。」怎麼會有這種問題？君子可以去救人，卻不能自己也陷進去；可以受欺騙，卻不可以被無理愚弄。換言之，這不成問題，看似兩難，其實這是對君子的愚弄。

朱熹接受劉聘君以為「井有仁焉」的「仁」，應是「人」，可這麼一來，意味索然。「仁」與「人」同音，我們不知宰我真正的意思，但寫成兩個「仁」，卻有玩弄文字（play on words）的戲諷。朱熹這樣解釋：「逝，謂使之往救；陷，謂陷之於井。欺，謂誑之以理之所有；罔，謂昧之以理之所無。」自己也下井，還能救人？毋寧是多添一個要救的人。他以為志切救人的人，也不會那麼愚昧。朱熹再而解釋，宰我一直深信仁道，這樣問，是出於苦心，「而憂為仁之陷害」。宰我的苦心，在《論語》中是看不到的，必須借重其他文獻。

宰我之問，看來孔子並不以為是善意。孔子反詰：「何為其然也？」何出此問，這可是陷，是罔，是對君子的刁難。孔子根本拒絕正面回答，指出這是要他上當，這種當，過去賢如子產卻上過。《孟子．萬章上》載有人送給子產一尾活魚，他交池塘的主管打理，那主管卻烹了吃，還回報說：剛放進池塘，半死不活的；過了一會，突然擺尾搖頭，游到遠遠去。子產聽了很高興，連說：得其所哉！得其所哉！主管出來就譏笑：誰說子產智慧。孟子的評論是：「故君子可欺以其方，難罔以非其道。」

孟子自己也遇過這種問題。齊國的淳于髡曾問他：男女授受不親，是禮嗎？孟子答：是禮。好了，這才是他想問的：嫂嫂要淹死了，應該伸手救援嗎？孟子答：嫂嫂要淹死而不伸手救援，那是豺狼禽獸。男女授受不親，是禮；嫂嫂要淹死而伸手救援，則是權宜變通的做法：

> 嫂溺不援，是豺狼也。男女授受不親，禮也；嫂溺援之以手者，權也。（《孟子．離婁》）

淳于髡以機智幽默、口才出眾著名。這是有意戲弄孟夫子。由此可見，儒家說仁說義，不少人以為迂腐，並不明白另有行權之說。在日常生活裏，也可有行權的做法，例如上茶樓，兄長和鄉長者一起，斟茶時應先斟給誰呢？孟子說：你平日尊敬兄長，在暫時的特別場合，先給鄉人敬茶吧。「庸敬在兄，斯須之敬在鄉人。」（〈告子上〉）真是很好的原則。

至於孔子，早就說過：「暴虎馮河，死而無悔者，吾不與也。」（〈述而〉7.11）意即赤手搏虎，徒身過河，死了也不知悔的人，我是不會贊同的。孔子直接訓斥曾子被父親責打時要「小杖受，大杖走」，也是權宜的示例，原則要守，卻不能死守。錢穆也繼承宰我苦心之説：宰我之意，或者出於擔憂孔子罹禍，理由是「子欲赴佛肸、公山弗擾之召，子路不悅。宰我在言語之科，故遇此等事，不直諫而婉辭以諷」。不過，子見南子，子路也不悅，不高興、憂慮，就坦白表示，這反而真誠可愛，老師看得出學生是否誠意，他可以正面、清楚地解釋，而不是師徒倆彷彿在暗地裏過招。所謂孔門四科之説，甚可疑，當另文闡析。《論語・為政》2.9 云：

子曰：吾與回言終日，不違，如愚。

顏回「不違」，孔子覺得他像蠢材，可見孔子要求學生「有違」，有不同老師的意見，或者疑問，不要見單全收。老師對子路的「不悅」，先後解說：

夫召我者，而豈徒哉？如有用我者，吾其為東周乎？（〈陽貨〉17.5）

（來召我的，難道只是空話嗎？如果有人用我，我將周代在東方復興。）

不曰堅乎，磨而不磷；不曰白乎，涅而不緇。吾豈匏瓜也哉？焉能繫而不食？（〈陽貨〉17.7）

（不是說堅硬的東西磨也磨不損嗎？不是說潔白的東西染也染不黑嗎？我難道是個苦葫蘆？怎能只掛着而不給人吃呢？）

這兩重解說也是坦誠布公。有人會認為不能與狐謀皮，其實也是一個權行的問題，球踢到狐狸一方去，要考慮的是狐狸，不是因為這是狐狸，就拒絕周旋。對老師「不直諫而婉辭以諷」，弟子除宰我外，並無他例。

2

宰我和老師另有一段更著名的師生論辯「三年之喪」，值得仔細想想，這一次，又是宰我：

> 宰我問：「三年之喪，期已久矣。君子三年不為禮，禮必壞；三年不為樂，樂必崩。舊穀既沒，新穀既升，鑽燧改火，期可已矣。」
>
> 子曰：「食夫稻，衣夫錦，於女安乎？」
>
> 曰：「安。」
>
> 「女安，則為之！夫君子之居喪，食旨不甘，聞樂不樂，居處不安，故不為也。今女安，則為之！」
>
> 宰我出，子曰：「予之不仁也！子生三年，然後免於父母之懷。夫三年之喪，天下之通喪也。予也有三年之愛於其父母乎！」（〈陽貨〉17.21）

先思考兩個問題：首先，到底「孝心」重要，還是「孝的形式」重要？

孔子說：「今之孝者，是謂能養，至於犬馬，皆能有養；不敬，何以別乎？」（〈為政〉2.7）可知在孔子眼中，所謂「孝」，是要對父母有「敬」，發自內心；供養父母自是孝的表現，但如果沒有孝心，即便有孝行，包括守喪，跟對待犬馬並沒有分別。《論語》中，孔子沒有明言「本末」之說，但高足有子說：「君子務本，本立而道生。孝悌也者，其為仁之本與！」（〈學而〉1.2）魯人林放也曾問孔子「禮之本」，孔子答：「大哉問！禮，與其奢也，寧儉；喪，與其易也，寧戚。」（〈八佾〉3.4）指出禮儀，與其奢侈鋪張，寧可儉約；喪事，與其儀文周備，寧可發乎內心的哀傷。孔子講與其注重形式，不如注重本質。

傳為曾子寫的《孝經》則載孔子云：「夫孝，德之本也。」再有《左傳．昭公五年》記魯昭公到晉國，慰勞、送物，毫不失禮，晉侯對女叔齊讚美昭公，可是女叔齊說：魯侯哪裏懂得禮！他做的，不過是儀式罷了，「禮所以守其國，行其政令，無失其民者也」，這才是禮之本；然後數落昭公如何失政、失民，最後說「禮之本末，將於此乎在，而屑屑焉習儀以亟」。

禮有本末如此，所以我們也可以說：孝心是「本」，孝的形式是「末」。

從現代社會看，守喪三年，的確不合經濟原則，一年、一月，甚至一周也有損經濟，也不合如今動態的社會形勢；但這是形式（末）問題。至於孝心（本），卻不會因為時代不同而變得不合時宜。

其次，宰我說的是「量」，孔子追究的是「質」，兩造對答，嚴格而言，並非針鋒相對。然則是量抑是質重要？

再次，宰我之言，雖說是「問」，究其實跟提問仁者應否下井救人有別，這毋寧是一己意見的陳述（statement），並非討教，所以老師無需應對，但老師則不妨順此查問：這時候吃好穿好，你心安嗎？(「食夫稻，衣夫錦，於女安乎？」) 這是直探「本心」。《禮記・問喪》云：「夫悲哀在中，故形變於外也。痛疾在心，故口不甘味，身不安美也。」當然人的內心感情，外表不一定流露出來，不如直接查問。可是自古至今無數人認為孔子顧左右而言他，辯宰我不過。

再看宰我的論據：一、從禮樂着眼：三年太久了，令禮壞樂崩；二、再從經濟立說：農業社會的耕作與取火，一年周而復始。

這所以，守喪一年，足夠了。

對宰我的意見，孔子未置可否，反而想弄清楚：年期的多寡，背後有沒有孝心支持。這是討論孝道的大前提，是關鍵。即使純從辯論的角度而言，也看到孔子的大智慧，以衣食之貴回應禮儀之表，而沒有落入宰我的窠臼，這，其實是另一圈套，因為爭論年期，終究是一個時限，無論一年、三年，那種輸贏，如果真有輸贏，根本沒有意義，尤其對後世而言，都必然經不起時間的挑戰。

更重要的是，爭論年期，是把孝道淪為技術性的問題。孔子回歸本心，「於女安乎」，從量化的人生安排，回歸人文的價值。這原來也是原則與權宜的問題，正是儒家思想的核心。《周易》早有所謂「變通」之說，〈繫辭上〉云：「化而裁之謂之變，推而行之謂之通。」

孟子說得更清楚：「夫道二，常之謂經，變之謂權；懷其常道而挾其變權，乃得為賢。」（《韓詩外傳》）他稱孔子「聖之時者」（〈萬章下〉），「時」，即是指孔子會因應情況而制宜，而「變權」。

孝心是「庸敬」（平時的恭敬）的常道，如何守孝則是「斯須之敬」（暫時的恭敬）的變權。倘無孝心，守孝只屬虛文。就像季孫問孔子自己要增加稅收的意見，孔子不答，因為「若欲苟而行，又何訪焉？」，你反正要推行了，為甚麼還要問我？但他的意見，對弟子則絕不含糊，他對冉有說季孫「貪冒無厭」，田稅多少，自有「周公之典在」（見《孔子家語》）。冉有不聽，仍為季氏斂財，孔子就氣得斥責他「非吾徒也！小子鳴鼓而攻之，可也！」（〈先進〉11.16）。

要是宰我對孔子之問，答案是「不安」，孔子可能有不同的說法。可能，就是說未必不可以斟酌、不可以協商。他提到古代隱士逸民如伯夷、叔齊、虞仲、柳下惠等人，說自己跟他們不同，「我則異於是」，還稱他們是「賢者」：「賢者避世，其次避地，其次避色，其次避言。」「避色」指避去不禮貌的臉色。又說：「作者七人矣。」（〈憲問〉14.37）孔子總是這樣，對自己不同意的人，只會說自己跟他們不同，他是「矜而不爭，群而不黨」（〈衛靈公〉15.22），是「和而不同」（〈子路〉13.23）。

葉公頗自得的告訴老師，吾鄉有正直的人，父親偷羊，兒子揭發他。老師只是客氣地說：吾鄉率直的人跟你所說的不同。然則守喪不久，倘有孝心，老師即使反對，充其量是「我則異於是」，仍然受到尊重。

宰我是學生，老師說得要嚴厲許多。朱熹《集注》云：

「宰我出，夫子懼其真以為可安而遂行之，深探其本而斥之。」正因為是老師，不僅針對宰我，也需向其他在場的學生鄭重闡明，這段說話見於《論語》，證明是有其他學生在場的。「深探其本」，也實早在宰我走出之前。宰我覺得心安，好吧，你就這樣做好了。但對其他同學而言，孔子必須加以澄清，表示態度：守喪時別以為食稻衣錦，心安就行，這是不仁，「仁者安仁」（〈里仁〉4.2），別學宰我。

3

重孝不是儒家獨尊。

先秦諸子無不重孝。《老子》（十九章）云：「絕仁棄義，民復孝慈。」墨子認為父不慈，子不孝，乃「天下之害」（《墨子・兼愛下》）。連縱橫家的蘇秦也說：「孝子之於親也，愛之以心，事之以財。」（《戰國策・楚策》）

「愛之以心」是本，「事之以財」是末，但事之不一定要財，不是說有財方能盡孝，而富人最有孝心。「禮」的本旨是建立和諧的秩序，末是儀文形式。試想想，大家爭先恐後，都不排隊，會有甚麼後果？儀文形式不是不重要，儀式是精神的體現（不忍吃好穿好，即是一種表現心思情感的形式）。本末之分，有一危機，會以為有本足矣，可以取消末。不是的，不是說有了「敬」，即可以不「養」。孝心是恆常的原則，孝行則不單可以更要因應時空而變通。《禮記・曲禮》說：「禮從宜，使從俗。」〈禮器〉說得更明晰：「禮，時為大，順次之，體次之，宜次之，稱次之。」這是說禮首先要順應時代變化，其次要遵循倫理秩序，

再其次要適切不同對象、場合，最後還需符合身份，這是中庸之道，不能過，又不可不及。換言之，喪禮絕非一塊鐵板

不幸宰我答「安」，不啻反高潮，把一場可能有建設的討論勾消了。他表現了對守喪的意涵並沒有真切體會，又或者他本來就不同意。故孔子罵他「不仁」。有論者以為宰我的「安心」是指除喪之後，但看孔子說「君子之居喪，食旨不甘」，則應是居喪期間。

又有一說，這是晉人繆播最先提出的：宰我這樣的意見，實乃「屈己以明道」(《論語旨序》，見《皇疏》轉引)，旨在反映當時流行的意見，讓老師借以指正，他只是扮演歹角。繆播何以有此說，追溯起來，我認為是源自《韓非子》、《呂氏春秋》等記宰我在田常政變的角色，以及漢人《淮南子》、《說苑》等等，因他的政治取態並為此犧牲，而想到他是孔門言語科之首，那麼一個君子正人，怎會違犯老師呢？繆播之後，蘇東坡、朱熹、錢穆等人繼承此說，為他平反；當再另文討論。

當老師說「汝（女）安則為之」，他就出去了，以為這就是答案。然而，倘若這不過是一場苦肉計的戲，那麼他應該把戲演完，乖乖坐定，聽老師的解說，勿多少予人打了就跑（hit-and-run）之感，勿讓老師演獨腳戲，招來背後罵人的非議。又如果他說：我其實於心不安呵，《論語》就要改寫。

「汝安則為之」，這話前後說了兩次，明顯有針對性。這話可從正、反兩方面看：反面看，對父母去世既沒有不安，那麼守喪多久，已失意義，你好自為之。這是老師的譴責語。從正面看，守喪，求的正是心安；守喪多少，悉聽自己是否心安，你要對自己負責。

宰我「屈己以明道」？

1

說宰我是「屈己以明道」，歷代大不乏人，追溯此說，最早應是晉代人，如繆播、李充、范寧等，都是中書令，在內廷負責整理宮內的文庫檔案。他們的意見都收在南朝皇侃的《論語義疏》裏。其中繆播為宰我質疑三年之喪辯解：

> 爾時禮壞樂崩而三年不行，宰我大懼其往，以為聖人無微旨以戒將來，故假時人之謂，啟憤於夫子，義在屈己以明道也。（《論語義疏》轉引）

宰我「屈己」，義演歹角，是為了「啟憤夫子」。「啟憤」一詞來自〈述而〉7.8，孔子說「不憤不啟」，「憤」，是學生心想求知而不得，孔子就開啟他。孔子之教，即重在啟發。禮壞樂崩既已不行，有天子明君想行嗎？

宰我又因「晝寢」被斥為朽木、糞土牆。「晝寢」是否已成流行病，需孔子的嚴斥？不單如此，還令孔老師自承以耳代目，看錯了，這個學生言行不副：

> 宰予晝寢，子曰：「朽木不可雕也；糞土之牆不可杇也；於予與何誅？」子曰：「始吾於人

也，聽其言而信其行；今吾於人也，聽其言而觀其行。於予與改是。」（《論語　公冶長》5.10）

皇侃承「屈己」之說，再進一步，連宰我「晝寢」，也說是他菩薩心腸，並引范寧等人的話，說是一種假託劣行的「苦肉計」。這其實，同樣是對動機的推測，推測而已。我們也可以推測繆播、皇侃，以及其他人這樣說的動機：

一、宰我名列言語科；

二、陳恆弒君事件。

先釐清陳恆事件。這個陳恆，是齊國大夫，名字有五六個之多，令人困惑，此人媯姓，田氏，名恆；古音田、陳相近，於是也稱為陳恆。陳恆卒後謚成，故稱陳成子，或田成子。漢朝後避諱文帝劉恆，改稱田常。春秋魯哀公十四年（前481年），他發動政變，弒齊簡公。《莊子．胠篋》有名句云：「竊鈎者誅，竊國者侯。」指的正是陳恆竊國。

但他的弒君牽涉的人事，更加令人困惑。

《論語．憲問》14.21中載孔子聽到陳恆弒君，要求魯哀公出兵討伐：

陳成子弒簡公。孔子沐浴而朝，告於哀公曰：「陳恆弒其君，請討之。」公曰：「告夫三子。」

孔子曰：「以吾從大夫之後，不敢不告也。君曰『告夫三子』者！」

之三子告，不可。孔子曰：「以吾從大夫之後，不敢不告也。」

這是孔子回魯後的事，他自謙「從大夫之後」，是曾任大夫的意思，看見危機，不敢不提出。但能否出兵，魯哀公居然得請示三桓：季孫氏、仲孫氏、孟孫氏，可見政權旁落，一如陳成子在齊國執權，視齊君如無物。孔子說，「告夫三子者」，這個「者」，不無鄙視之意，此話應不是當面對哀公說。《左傳》哀公十四年，孔子其實曾分析出兵討伐，應有勝算。

孔子是否必定反對篡弒？我看未必。《中庸》第十八章，他說：

> 武王纘大王、王季、文王之緒，壹戎衣而有天下，身不失天下之顯名，尊為天子，富有四海之內，宗廟饗之，子孫保之。

纘，繼承之意。大王、王季、文王皆周武王的先祖，世號西伯，稱王乃後來追封。武王「壹戎衣而有天下」，統一軍隊（各部落）就馬上取代殷商而得天下，並備受讚頌。因為他打倒的是暴君。這其實也是通變行權。《尚書·多士》也載周公的話：「惟爾知，惟殷先人有冊有典，殷革夏命。」（你們知道，殷人的祖先有書冊有典籍，記載着殷革了夏的命。）這是「革命」一詞的由來，殷革夏命，周革殷命。魯迅〈小雜感〉云：「革命，革革命，革革革命，革革……」熊十力在上世紀五十年代的《原儒》就認定孔子比諸孟荀，才真有革命精神：

> 孟荀雖立言革命，而只謂暴君可革，卻不言君主制度可廢，非真正革命論也。惟禮運天下

> 為公，選賢與能，而深嫉夫當時之大人世及以為禮，此乃革命真義。

不改政制，只改領導，「命」實沒有「革」去。易暴，往往仍是暴。熊十力此言精審通明，本該大書特書，至於是否為當下現實發言，是另一問題。

這次陳恆事件牽涉宰我。以現存先秦資料，首見於《韓非子》。韓非論證向君主進言之難，列舉歷代向君主進諫而遭殺害的例子，其中包括宰我，有句云：「宰予不免於田常。」指宰予在齊國不能倖免為田常所殺；韓非並將宰予置諸「仁賢忠良有道術之士」（《韓非子．難言》）。

韓非並舉孔子善說卻遭匡人圍困為例，說孔子「豈不賢哉」？其實子畏於匡，與忠賢無關，而是由於樣貌似陽虎罷了，這陽虎「嘗暴匡人」（《史記．孔子世家》）。〈難言〉全篇論調直似儒者，和他的其他大作諸如〈五蠹〉、〈顯學〉等等相悖，那些名篇，主題是警誡君主，不要信任人，不要任用忠義賢智。其〈忠孝〉篇云：

> 田氏奪呂氏於齊，戴氏奪子氏於宋，此皆賢且智也，豈愚且不肖乎，是廢常上賢則亂，捨法任智則危。

宰我既是仁賢忠良，又說田常是賢智，兩個對手，到底誰是誰非？韓非的理論（成於公元前280年至公元前233年），大多經不起推敲，誠如他自己的名言，「以子之矛陷子之盾」(〈難一〉)。又如：

> 人主之患在於信人，信人則制於人。……夫以妻之近與子之親而猶不可信，則其餘無可信者矣。(《韓非子・備內》)
>
> 夫民智之不足用亦明矣。舉士而求賢智，為政而期適民，皆亂之端，未可與為治也。(《韓非子・顯學》)
>
> 人主有二患：任賢，則臣將乘於賢以劫其君；妄舉，則事沮不勝。(《韓非子・二柄》)

你叫君主不可信人，親如夫妻父子猶不可信，則何以要信你？這難怪法家大師，從商鞅、韓非，到李斯，無一善終。不可任用賢智，則你汲汲求用，憑的是甚麼？民要愚，臣也要不智，平寧時，愚蠢的治理會生民怨，當敵國環伺，真的不會亂亡？

韓非對宰我之說，不能無疑。稍後，《呂氏春秋・慎勢》(成於秦王政六年，公元前241年)也說：

> 齊簡公有臣曰諸御鞅，諫於簡公曰：「陳成常與宰予，之二臣者甚相憎也，臣恐其相攻也。相攻唯固則危上矣。願君之去一人也。」簡公曰：「非而細人所能識也。」居無幾何，陳成常果攻宰予於庭，即簡公於廟。簡公喟焉太息曰：「余不能用鞅之言，以至此患也。」

說明宰我與與陳恆爭權，諫臣諸御鞅但憂兩人相攻之下危及君上，勸齊公「去　人」。言下是兩個都不是好東西。倘宰我爭的是君上利益，則怎會說成是可去的一人。

宰我的名字也不少，宰姓，名予，字子我，又名予我。到了漢初，《史記》反而記他夥同陳恆政變：「宰我為臨淄大夫，與田常作亂，以夷其族，孔子恥之。」這句其實費解，宰我既夥同政變的勝利者，何以會夷族？

唐代司馬貞的《索隱》認為司馬遷張冠李戴，翻出《左傳》並沒有宰我參與陳恆作亂之文，倒記了闞止與陳恆爭寵，為陳所殺。這個闞止的字，恰巧跟宰我的字一樣，也是「子我」。易言之，宰我不是叛亂者，而是被叛亂者所殺。

前文指出，被陳恆所殺，是爭權失敗，並非是為國犧牲。再說，宰我就是為了對抗政變而死，也不等於他會「屈己」而提出三年守喪太久，又扮演朽木睡懶覺。

顏回死，孔子慟哭，連呼：「天喪予！天喪予！」聽說衛國發生內亂，馬上想到子路，感歎說：「嗟乎，由死矣！」《禮記．檀弓》載「孔子哭子路於中庭」。宰我跟顏回同一年死，孔子並無一語（《史記．仲尼弟子列傳》）。

2

回到三年之喪的問題。這問題很乏味，但不可不辨。

錢穆《論語新解》認為「宰我之問，蓋討論製作，與其存虛名，不若務實行。他日或製新禮，改定此製。非宰我自欲短喪也」。

守喪三年，孔子說是要相對地報答父母褓姆我們三年之恩；這是籠統的說法，是否「虛名」，還需斟酌。荀子引《禮記》說這是「稱情而立文」（〈禮論〉），意思是：建立制度，要稱合人情；喪服按照生者與死者的感情深淺、關係親疏來決定。另一面，這種相稱，其實也是節制，「不及」固然不好，「太過」也不恰當。「情」與「文」要相稱，一如形式與內容。說的恰當，不過王國維點出，此說跟他的性惡論矛盾（《王國維文集》三卷），這人情之本，豈能生自惡性？

然則既無孝心（情），即無需再爭論守孝（文）多久，那倒不如從古禮，守三年之喪，這是「天下之通喪」。康有為以為三年之喪是孔子的「發明」，是「改制所加隆」（《〈論語〉注》），這自是以經學干政的「六經注我」。孔子這樣說，可以不同意，卻不是沒有根據的創制。

《尚書》載高宗武丁為父小乙守喪，守了三年：「王宅憂，諒陰三祀。」祀，指年，意即居喪三年。即使期滿，武丁還是不言不語。當群臣進諫，不能不說話啊，百姓都尊奉君意辦事，武丁於是解釋，自己是天下儀表，所以不輕易發言。這段話，孔子一定向學生講授過，這所以子張發問，《論語．憲問》14.40 載：「《書》云：『高宗諒陰，三年不言。』何謂也？」（同見於《禮記》。諒陰，天子在廬居喪之名。）孔子這樣解釋：「何必高宗，古之人皆然。」《論語正義》的劉寶楠補充：周武王崩，周公攝政，也是此禮。他引《禮記．檀弓》云：「子夏、閔子騫皆三年喪畢見於夫子，是聖門之徒皆能行之。」

宰我說三年不為禮樂，會令禮壞樂崩，看似為禮樂辯護；禮樂是一事的兩面。守喪即為守禮，何以說會因久守而禮樂崩壞？即使禮樂崩壞，崩壞的也不過是禮樂的形式。「人而不仁，如禮何？人而不仁，如樂何？」（〈八佾〉3.3）宰我說「心安」，無疑是對「禮壞樂崩」之論的自我抵消。

至於春秋時是否天下通行，則主張是一回事，實踐卻有參差，一如孔子說「智仁勇三者，天下之達德也」（《中庸》）。雖是天下的達德，誠非人人能臻，所以說：「中庸其至矣乎，民鮮能久矣！」論者指出《公羊傳》載魯哀公五年秋九月，齊景公卒，翌年秋七月，已除景公之喪，此見齊已不行周禮。但魯又如何？戰國之後，滕文公的父親定公過世，他使人請教孟子三年之喪，群臣其實都不願意，說「吾宗國魯先君莫之行，吾先君亦莫之行也」（《孟子・滕文公上》）。康有為也引這例，想證明自伯禽至於魯悼公，叔繡至於滕定公，皆未嘗行三年喪期，一再渲染，要證明孔子「改制」。

不過，他不提《史記・魯周世家》所記：

> 周公卒，子伯禽固已前受封，是為魯公。魯公伯禽之初受封之魯，三年而後報政周公。周公曰：「何遲也？」伯禽曰：「變其俗，革其禮，喪三年然後除之，故遲。」

周公死時，其子伯禽早在以前已接受封國，就是魯公。伯禽當初受封至魯，三年以後才向周公述職。周公問為甚麼遲了到來，伯禽解釋：變魯的風俗，改革魯的禮儀，要等服喪三年，然後除服，因此遲了。

所以，守喪三年，有的遵行，有的不行。真是「汝安則為之」。對孔子，這麼一個要重建周文的哲人，說是天下人都遵行的「通喪」，說的是應然，未必是實然，也就可以理解。

而所謂三年，實行起來只有二十五個月，《禮記・三年問》云：「三年之喪，二十五月而畢。」到了漢代，再確定為二十七個月，更用行政法令執行。

《史記》載孔子為母親守孝，腰間還繫着白麻帶，聽到季氏請客，也想出席，是爭取施展抱負的機會，卻被陽虎擋住了。孔子不是應該守喪麼？為了彌縫，就有論者責史遷「近誣」。大可不必。他那時不過十七歲，學問知識還有待修養，他不是宋儒所說生而知之的。而這，還有一個為了爭取身份而行權的問題。到他兩年後結婚，他守母喪守了二十五個月。

他自己離世時，眾弟子在墓旁守喪三年，另有一位，再多守三年。宰我並不在內，他跟顏回同一年先走了。

滕定公去世，太子派人去請教孟子如何辦理喪事。孟子說：從天子到百姓，守喪三年，穿粗布孝服，吃稀粥，夏商周三代都是這樣的（《孟子・滕文公上》）。孟子何不舉伯禽此例，再加一句：守喪多少，還看是否獨夫？

還有一個宰我名列孔門四科的問題，我試想想。

所謂「孔門四科」

「孔門四科」之說有二，其一見於《論語．述而》7.25：

> 子以四教：文、行、忠、信。

孔子的教育內容，弟子概括為四種，典籍學識（文）、孝悌恭睦（行）；品德修養，為人臣（忠）、與朋友交（信）。

孔老師當然不會像今人那樣，這一課上文，下一課上行，他大概是一股腦子施教，而且是身教，沒有時限，更沒有地限。

其二見於《論語．先進》11.2 及 11.3，這段記載出名得多，也影響深遠，後世認定是孔子點名翹楚的學生：

> 子曰：「從我於陳、蔡者，皆不及門也。」
>
> 德行：顏淵、閔子騫、冉伯牛、仲弓。言語：宰我、子貢。政事：冉有、季路。文學：子游、子夏。

孔子說：當年同受陳蔡之厄的弟子，都已不在身邊。「不及門」，指不在身邊。「門」有解作仕進，未免深文周納，不知老人家緬懷的感歎。做官豈及人情？

朱熹《集注》並不分段，後世大多如是。那是沒有標點符號的年代。楊伯峻則分拆為二，「子曰」之後，四科另起。我覺得這清楚得多，否則，一來予人這十弟子俱曾在陳蔡之困時追隨身邊；二來，更重要的，予人錯覺，這四科優生是由孔子親自分科頒發的。

這不應是孔子的做法。

首先，稱名是問題。孔子稱弟子名，一向不稱字，譬如三大弟子，他稱顏淵，每次都稱「回」；子路，他每次稱「由」；子貢，必稱「賜」。至於閔子騫，名損，子騫是字。《論語》中只出現五次，其中一句載孔子說：「孝哉閔子騫！」（〈先進〉11.5）顯然跟其他四次，都是記事的後學所加。

其次，兩節形式不協，一為主觀話語，另一則為客觀敘述。

其三，孔子真的這樣分科，在他眼中，德行不是最重要的嗎？其他三科可以獨立分割，不講？

其四，朱熹的《集注》引程子的話：

> **四科乃從夫子於陳、蔡者爾，門人之賢者固不止此。曾子傳道而不與焉，故知十哲世俗論也。**

程子指出，所謂十哲不過是「世俗」之見。可以質疑程先生的是，四科中人皆曾在陳蔡時追隨孔子？其中子游子夏為晚年弟子，俱少孔子四十四到四十五歲，陳蔡時已跟隨老師？

其五，曾參竟落選了；而與子游子夏稍早，《論語》相當看重的有若，竟同樣不入十哲。

其六，宰我名列其中的「言語」科是怎麼一回事？擅並不等同善。擅言語者，近似某些電台 DJ，擅長說話，無話可說也不得不說，不使有 dead air；善說話，則不一定要說話，應說才說，有時甚至無聲勝有聲。

《論語》中我們不斷讀到孔子討厭巧言擅辯的人：

「君子欲訥於言，而敏於行。」（〈里仁〉4.24）

「焉用佞？御人以口給，屢憎於人。」（〈公冶長〉5.5）

「是故惡乎佞者。」（〈先進〉11.25）

「仁者，其言也訒。」（〈顏淵〉12.3）

等等。

然則，孔門竟開一專科叫「言語」，未免奇怪，全用否定的教法？

何況，孔子不是斥責宰我言行不一？換個說法，是指他「言而無信」，也即欠缺《中庸》再三強調的「誠」。〈公冶長〉5.10 載宰予白天睡懶覺。孔子斥責他不可藥救，「於予與何誅」云云，大概是：對宰予，我能拿他怎樣呢？然後孔子自言以前看人，他說甚麼，我信甚麼；現在看人，聽他說，我再看他做；因為宰予，我錯了，改了過來。

對這個「言語」科的獎狀，我過去百思不得其解。看錢穆，倒有一個解釋：這是「指外交之辭令」（《論語新解》）。《孟子．公孫丑上》載：

宰我、子貢善為說辭；冉牛、閔子、顏淵善言德行，孔子兼之，曰：「我於辭命，則不能也。」

這是公孫丑的話，「說辭」指游說的言辭。春秋時期，外交活動頻繁，而外交說辭，是一種應對技巧，可真可假，真不能全真，假不宜全假，視乎所代表的僱主的利益。《史記》載子貢出使，篇幅甚多，「存魯，亂齊，破吳，強晉而霸越」，很厲害，但他的說辭完全是縱橫家的調調。此則孔子所「不能也」。

宰我出使，不見具體細節，只《孔叢子》有兩則記載，其中見〈嘉言〉篇，出使齊國，回國後匯報孔子云：一位齊大夫被毒蛇咬傷，治好後，大家慶賀，並紛紛獻出治療之法。宰我反問大家，難道大夫再被蛇咬，又用你們的藥方麼？說得大家沒趣極了。宰我還問老師，弟子說得怎樣呢？不無得意之色。孔子可沒有稱讚他，答：說得不對。三次折斷胳膊的人，可以成為治骨折的良醫，眾人提供藥方，是各自以為是良藥，借此可以比較優劣。到頭來沒趣的，變成宰我了。

另一〈記義〉篇載孔子派遣宰我出使楚國，楚昭王要送象牙裝飾的安車給孔子，宰我代老師婉拒了，解釋孔子日常清素好儉，「妻不服彩，妾不衣帛」（孔子有妾），志向是復興道德、禮儀。這一次，說對了。

〈嘉言〉篇更記他直接問孔子：「君子尚辭乎？」孔子答：

君子以理為尚，博而不要，非所察也；繁辭富說，非所聽也，唯知者不失理。

君子崇尚的，是道理，說得淵博卻不得要領，不是君子所關注；辭藻繁麗，也不是君子樂於聽聞，只有智者才不會失去道理。一句話，老師崇尚的是理，而不是辭。

公平些，孟子在〈公孫丑上〉也說：「宰我、子貢、有若，智足以知聖人，汙不至阿其所好。」又引宰我稱讚夫子，賢於堯舜。但智與言是有分別的。《孔子家語．子路初見》則云：

> 澹臺子羽有君子之容，而行不勝其貌；宰我有文雅之辭，而智不充其辯。孔子曰：「里語云：『相馬以輿，相士以居，弗可廢矣。』以容取人，則失之子羽；以辭取人，則失之宰予。」

「智不充其辯」，是說宰我的智慧趕不上他的辯才。

此外，冉求名列政事科，卻偏偏在政務上被孔子罵得最兇，還要其他同學也來鳴鼓大罵。是孔老師知錯不改，頒了就不再收回？

四科看來就是這麼一回事，肯定不是光環。但後人讀《論語》，坐實這是孔子親頒的終身成就獎。

父子相隱説

《論語》裏有一段有名的對話，長期爭議不息，那是父子相隱的問題：

> 葉公語孔子曰：「吾黨有直躬者，其父攘羊，而子證之。」
>
> 孔子曰：「吾黨之直者異於是。父為子隱，子為父隱，直在其中矣。」（〈子路〉13.18）

父親偷羊，兒子告發他的案例，同樣見於《韓非子・五蠹》、《呂氏春秋・當務》、《莊子・盜跖》等篇，可見其事流傳頗廣。《論語》中老師的話，弟子不會逕稱「孔子」，然則是後學所加？不知道。直躬意指直身而行，引申為正直的人。其後鄭玄更落實以「躬」為「弓」，是人名，其人素以正直聞名云云。鄭注又解「隱」為「不稱揚其過失」。無論如何，《論語》這段對話很重要，歷來被認為是人情與法理的對立，葉公美稱公義，孔子呢，寧願徇私。這好像是孔子學説的致命傷。

勞思光認為這是由於不同的理分（《中國哲學史》第一卷）。葉公與孔子同樣説「直」，卻一個是抽象的直，另一個則是具體的直。他説每個人在具體的事件中有不同的責任和義務，不能一概以「證人之攘羊」為「直」，而應各依其理分，或證或隱。他舉了一個例子：以現代社會而論，警察拘禁竊犯，是警察的理分；倘小學教師發現學童偷竊，則應予訓斥、教誨，這是老師的理分。這所謂「直」，須就具體理分決定，不然，學校也要附設監獄，到頭來權責大亂。攘羊的事件，還牽涉「父子」關係的理分。孔子說子為父隱，並非認為攘羊不應受罰，而是父子關係與路人關係畢竟有別。

不過歷來對「直」有歧異的解讀，以為葉公的直和孔子的直有不同的意指，一個是正直，那是道德的規範；另一個是率直，那是情感的表達。我試這樣語譯：

葉公對孔子說：「我家鄉有正直的人，父親偷羊，兒子告發了他。」孔子說：「我家鄉率直的人可不同：父親替兒子隱瞞，兒子替父親隱瞞，率直就在這裏面。」

《論語》中，「直」字不少見，顯然是孔子喜歡用的詞，往往單用一個「直」字，連用的話，則是「直道」。直，在《論語》中其實有兩個不同的含意：一、公正、正直；二、坦誠、率直。兩者孔子都用過，大多用正直義：

	公正、正直	坦誠、率直
1	2.19 舉直錯諸枉，則民服；舉枉錯諸直，則民不服。 12.22 舉直錯諸枉，能使枉者直。	8.2 勇而無禮則亂，直而無禮則絞。
2	5.24 孰謂微生高直？或乞醯焉。	8.16 狂而不直，侗而不願。
3	6.19 人之生也直，罔之生也幸而免。	17.8 好直不好學，其蔽也絞。
4	12.20 質直而好義，察言而觀色。	17.16 古之愚也直，今之愚也詐而已矣。
5	14.34 以直報怨，以德報德。	17.24 惡訐以為直者（子貢語）

	公正、正直	坦誠、率直
6	15.7 直哉史魚	
7	15.25 斯民也，三代之所以直道而行也。	
8	16.4 友直，友諒，友多聞。	
9	18.2 直道而事人，焉往而不三黜？	

這段對話，葉公說「直躬」，是指正直。孔子說「直」，說了兩次，再三玩味，卻是指率直、坦誠多於正直。葉公說的是法理的「直」，孔子說的是倫理的「直」。前者是後天的認識，後者則是先天的賦性。要注意的是，孔子並沒有說直躬者不對，也沒有說他對，他只是說我家鄉率直的人，並不相同，會父子相隱；父子的親情，就表現在這種率直的相隱。葉公的語氣是否有些志得意滿？孔子因而扣着這個「直」字，帶出法理之外另一種不可或忘的倫理。

然則孔子是否唯親情是視，而以為親情可以凌駕法理呢？倒過來，法理是否就可以無視倫理？合理，是否不用照顧合情呢？

兩者，都不是孔子片面認同的，更不是二元對立，非此即彼。〈微子〉18.8 裏孔子對七個逸民高士表示意見，有的不肯降志辱身，有的不進而退，也有的進而不退，他自己呢，他說我跟他們不同，沒有甚麼可以，也沒有甚麼不可以。「我則異於是，無可無不可。」這和「吾黨之直者異於是」的語法、語義，是一樣的。並非可，又並非不可，然則兩者之間，如何定斷？漢代的馬融說：「亦不必進，亦不必退，惟義所在。」由「義」(行而宜之)決定。其實《論語》裏孔子早就說過：

> **子曰：「君子之於天下也，無適也，無莫也，義之與比。」**(〈里仁〉4.10)

〈子路〉裏葉公和孔子的對話各自表述，太簡單，這是沒有交代語言背景之弊。孔子對公和私的看法還得參看其他。《孔子家語．正論解》有一個具體的事例。話說晉國大夫邢侯與雍子爭訟田土的疆界，叔魚暫代主審，他是叔向的弟弟。本來錯在雍子，但雍子將女兒送與叔魚，叔魚和雍子成了親家，便歸罪邢侯。邢侯憤怒，殺二子於市朝。晉國執政的韓宣子問叔向對裁決的意見。叔向答：雍子賄賂，叔魚貪污，邢侯擅殺。三個人都犯了罪，活着的判刑，死了的陳屍示眾好了。孔子為此讚揚叔向，說他是「古之遺直也。治國治刑，不隱於親」。

下文孔子還指出叔向「三數叔魚之惡」，指他暴、虐、頗(偏頗)。《左傳．昭公十四年》有同樣的記載。可見孔子並不以為「隱於親」是絕對正直的行為。而晉人邢侯、叔魚，楚人雍子(投奔晉國，晉人給他邑地)三個都是高官名流，不是普通庶民，所爭是土地產權，不是一隻牛羊。此外，儒家是有「大義滅親」的傳統的，叔向滅親是一例，更出名的是周公平定親兄弟三監之亂。

〈子路〉13.2 另載仲弓(冉雍)做了季氏的主管，向孔子問政，孔子說要給部門負責的人帶頭，「赦小過，舉賢才」。偷一隻羊，是否小過？我們也不敢妄斷，但肯定無關「大義」。

1993年湖北郭店楚墓出土戰國中後期竹簡，其中思孟學派的《五行》（指仁義禮智聖，不是陰陽五行），只有長沙馬王堆帛書的上半部，馬王堆帛書在1970年更早出土，有上下兩部，由此反證《五行》實含前後兩部分，先有「經」，再有「説」，且寫於不同時期。龐樸、陳來等學者斷定上經是子思之作，下説則為後來孟子之作。這是古代典籍的慣例，本文之外，往往另有解説，而解説者往往是後學。孟子自稱受學於子思的門人。這也是荀子所斥責《五行》的「子思唱之，孟子和之」。孟子的解説，竹簡有兩段是這樣的：

> 不以小道害大道，簡也。簡也者，不以小愛害大愛，不以小義害大義也。（説15）
>
> 不匿，不辨於道。匿者，言人行小而軫（隱）者也。小而實大，大之口者也。《世子》曰：「知軫（隱）之為軫（隱）也，斯公然得矣。」軫（隱）者，多也；公然者，心道也。不周於匿者，不辨於道也。
>
> 有大罪而大誅之，簡；有小罪而赦之，匿也。有大罪而弗口誅，不行也。有小罪而弗赦，不辨於道也。（説22）

簡指簡孚（核實可信），匿是隱匿；分出大罪則誅，小罪則赦，赦小罪是「心道」，是「辨於道」。這是孔子「赦小過」之説的發展。

在先秦的《韓非子》、《呂氏春秋》中，提出的法規要嚴苛得多，攘羊的父親是要判誅殺的，法家的理念如此，是秦法的依據。試參睡虎地秦墓出土的秦律竹簡，其中〈法律答問〉有好幾條有關盜羊，還提到牽羊的繩索，司法用答問方式，提出處理案件的原則：

士伍甲盜一羊，羊頸有索，索值一錢，問何論？

甲意所盜羊也，而索繫羊，甲即牽羊去，議不為過羊。

（譯文來自「睡虎地秦墓竹簡整理小組」，下同。）

（士伍甲盜竊一隻羊，羊頸上有繩，繩值一錢，問應如何論處？

甲所要偷的是羊，繩是拴羊的，甲就把羊牽走了，不應以超過盜羊議罪。）

牽羊的繩索並不當是被盜財物，因盜的不是繩；但沒說盜羊的判罰為何，因這是行政法而不是刑法。世稱秦法嚴峻，另一條或可參考：

上造甲盜一羊，獄未斷，誣人曰盜一豬，論何也？

當完城旦。

（上造甲盜了一隻羊，又誣告他人盜竊一隻豬，應如何論處？

應完城旦。）

這個「上造甲」既偷羊，又誣告他人，兩罪俱發而判處「完城旦」。完，是剪去鬚髮；城旦，輸邊修築長城；刑期四年。都是秦常用的刑罰。

甲盜羊，乙知盜羊，而不知其羊數，即告吏曰盜三羊，問乙何論？

為告盜加臧。

（甲盜羊，乙知道是盜羊，不知道所盜羊數，就向吏控告說甲盜竊了三隻羊，問乙應如何論處？

作為控告盜竊而增多贓數。）

又：

甲告乙盜牛，今乙盜羊，不盜牛，問何論？

為告不審。

貲盾不直，何論？

貲盾。

（甲控告乙盜牛，現在乙是盜羊，不是盜牛。問甲應如何論處？

作為控告不實。

官吏判處犯人罰質不公，應如何論處？

應罰盾。）

這是連設兩個問題。「告盜加臧」，指控告盜羊而增加了贓數。貲，是小罰，指用錢財贖罪。官吏判處不公，反罰官吏本人。罰多少？漢劉向《說苑》說罰他一盾。一盾，相當於五千錢。盜牛之罪顯然重於盜羊。

秦得天下前，商鞅為了強國，據說曾推出很可怕的連坐法，一人犯錯，株連團體、家族受罰；知情不告也要判腰斬。

但另一面不可不知，竹簡明確顯示秦法對兒子告發父親並不受理，再告，就反治原告：

> **子告父母，臣妾告主，非公室告，勿聽。**
>
> **何謂「非公室告」？**
>
> **主擅殺、刑、髡其子、臣妾，是謂「非公室告」，勿聽。而行告，告者罪。**

（子控告父母，奴婢控告主人，不予受理。

甚麼叫「非公室告」？

家主擅自殺死、刑傷、髡剃其子或奴婢，這叫「非公室告」，不予受理。如仍行控告，控告者有罪。）

公室，指縣官；「非公室告」，指官府規定不可受理的控告。換言之，子不容告父，臣妾不容告主。竹簡又指出，父親盜竊兒子的東西，並不當盜竊（「父盜子，不為盜」）。

到了漢初，尊儒崇孝，實已偏離真正的孔子之思了，據張家山漢簡二年律令，告父母明令「棄告者市」。二年是指呂后二年：

> **子告父母、婦告威公、奴婢告主，主父母妻子、勿聽而棄告者市。**（簡 133）

「棄告者市」，意即告者棄市，還有人敢告發父親嗎？漢宣帝地節四年，索性把「親親相隱」列入法律。

至於父親偷羊，為甚麼偷羊？沒有交代，這是要查明的。刑昺《論語注疏．子路》云：

> 有因而盜曰攘。言因羊來入己家，父即取之，而子言於失羊之主，證父之盜。葉公以此子為直行，而誇於孔子也。

然則那是自來羊，父親順手牽羊，據為已有。但刑昺是北宋人，何以知之？父親偷羊的原因，只能闕如。

孔子提出的「君君，臣臣，父父，子子」（〈顏淵〉12.11），為人詬病，認為他維護統治階級，其實這是春秋末世，他提出權利與責任的分別，權責要正名。這是回答齊景公的問政，針對齊以至魯當時的處境而言，廣而言之，也是針對周後期的分崩離析，要重建秩序的想法；這話要從特定的時空背景去解讀。到了戰國，大樹已倒，再無可挽回，君再不君，這個時代問題則由孟子回答：那是獨夫，誅之可也（「聞誅一夫紂矣，未聞弒君也」〔《孟子．梁惠王》〕）。

若論君臣父子之防，則法家鼓吹君主獨裁專制，要森嚴得多，韓非認定「孝子不非其親」，這是作為一種理論提出的，其背後的觀念是「臣事君，子事父，妻事夫，三者順則天下治，三者逆則天下亂，此天下之常道也」（《韓非子．忠孝》），又說「孝子，不非其親」。他設計的理想社會是絕對的君權父權夫權。根據睡虎地秦簡、張家山漢簡的記載，父母和主人，可以以子女「不孝」，或以奴婢不聽命為由，請求官府處死他們，或者治以其他刑罰，例如流放。子不容告父，父則可告子。下，絕對不容犯上。

孔子之教誠然重孝，理想是「父慈子孝」，可沒有秦法這種以行政手段對付不孝的極端做法。而且對孝的理解，順與逆之間，絕非一成不變。孔子有所謂「幾諫」之說：

> 子曰：「事父母幾諫，見志不從，又敬不違，勞而不怨。」（〈里仁〉4.18）

「幾」，輕微婉轉之意。父母出錯，兒子得婉轉勸止，不接受，仍然恭敬而不觸犯他們，雖發愁而不恨怨。父母錯了甚麼，沒有明言，也應不涉大是大非。《孔子家語．六本》載曾參除草，誤斷了瓜根，父親曾皙盛怒，用大棒打他。曾子因此昏倒。孔子知道後，也大怒，拒絕接見曾參，曾參請人請教老師，孔子答：「小棰則待過，大杖則逃走。」輕打就忍受，重打可要逃跑，倘死也不避就陷父母於不義，這種愚孝其實是大不孝。誤斷了瓜根，其實也只是小過。

《荀子．子道》中引曾子問孔子從父與從君的問題，孔子斥責一味從父一味從君，那是小人的孝和忠。這文章起首，把德行分三等，孝悌者，小德而已；對上順從，對下寬厚，是中德；「從道不從君，從義不從父」，才是大德。這與《論語》有若所云「孝悌為仁之本」看似有別，但仁者，因應率直之情，會父子相隱。孔子說的是「天下之常情」，有別於韓非說的「天下之常道」。否定或輕視倫常的溫情，接來的是秦法的涼薄。

私不能棄公，公也不能忘私。何況，説父子相隱是徇私枉法，豈知這與現當代法學思想不謀而合，范忠信〈中西法傳統的暗合〉一文，列舉各地法律條文，説明在德國、法國，以至亞洲的韓國、日本、台灣等地的現行法律中，直系血親或配偶都豁免互證，都不認為直系親屬或配偶之間包庇、隱瞞罪證為有罪。這也行之於香港和澳門。因為倫常關係是社會的根基，法律離棄人情，有悖人性，一時之得，可能是永久之失。例如檢控毒販，搜證時，不會要求其親人提證。

過去中國，至親互相批鬥的悲劇，太多了。法理與人情，兩端都不能絕對化。二千多年前的儒者已提出可供參考的原則。

所謂「君君臣臣，父父子子」

1

《論語》能傳孔老師的音容，可惜許多都沒有記下説話的背景，往往把説話孤立起來，再加上版本、句讀的歧異、時代思潮、學派的偏重（魏晉的何晏好玄、宋的朱熹講天理、清人劉寶楠則訓詁），於是產生許多不同以至相反的解釋。我想，如果不當《論語》是借題發揮的工具，要理解《論語》，最好還是回到孔子的文化語境去。當然，子在川上，逝者如斯，我們絕無可能回到過去，也不可能也不必完全擺脱現在，參照其歷程、史事，參考各種闡析，擇善，再結合其一以貫之的理念，而不是把説話當成絕緣的金句。句而鍍金，好像便於記誦，卻往往把人蠟化，把意思簡化。例如，孔子説：

君君臣臣，父父子子。（〈顏淵〉12.11）

這是孔子回覆齊景公問政的答案。這成為譴責他為當政者服務，維護當權的罪證。把問題放回時空的處境去，就發覺正好相反，他的話針對的正是當權，用如今的説法是：反建制。儒學成為建制，要等到漢代的武帝，不然就不必輾轉悽惶眾國，纍纍若喪家之狗。

孔子到齊見齊景公，是在魯昭公（前 560—前 510 年）介入季平子、郈昭伯（郈音厚）之間糾紛的時候。魯國這兩個權貴爭的甚麼？鬥雞。兩個都偷偷裝備了自己的鬥雞。魯昭公以為得郈昭伯之助，率兵攻打季平子，取回政權，豈知反而被季平子打得像鬥敗的公雞，竄到了齊國。昭公不知矛盾有內有外，權臣之間是內，君臣之間則是外？

魯君權久已旁落三家，這三家季孫氏、叔孫氏、孟孫氏皆出自魯桓公之後，故稱為「三桓」，分任司空、司馬、司徒三個要職，實際執權，架空了魯君。他們既明爭暗鬥，又各自同樣受家臣挾制，季孫氏的南蒯、陽虎、公山不狃；叔孫氏的侯犯；孟孫氏的公孫宿。三桓之首的季孫氏玩弄數字，改三軍為二軍，分成四份，所謂「四分公室」，季孫氏自己獨佔兩份，掌一軍；叔孫氏、孟孫氏各得一份，合掌一軍。魯君呢？空空如也，實同乞丐，由三桓進貢供養。

這種政權下移之勢，非獨魯國如是，共主的周平王東遷以後，權力尤其江河日下，他有弒父之嫌，兼借助外戎得位，諸侯都看不起他，提出「尊王攘夷」，不過口號而已。孔子論政，指出世亂時中國歷史遷變的過程，比馬克思講世界社會制度的發展更明察精審：

> 天下有道，則禮樂征伐自天子出；天下無道，則禮樂征伐自諸侯出。自諸侯出，蓋十世希不失矣；自大夫出，五世希不失矣；陪臣執國命，三世希不失矣。天下有道，則政不在大夫；天下有道，則庶人不議。（《論語·季氏》16.2）

權力下移之勢是：天子→諸侯→大夫→陪臣，年期是大概的說法，不用深究，轉移的原因是「無道」。晉趙簡子知道魯昭公流亡，死於國外，問太史史墨的意見，史墨答：「天生季氏，以貳魯侯，為日久矣。……社稷無常奉，君臣無常位。」他是從五行占算，推究君與臣關係的轉化，委諸「無常」之論。

至於齊國，雖有晏嬰輔政，田氏已開始謀奪政權，收買民心，以大斗借出，以小斗收回。晏嬰也曾預言「齊政卒歸田氏」(《史記·齊太公世家》)，最終果爾言中。加上景公欲廢長立幼，父子不和，狡智如晏嬰，要侍奉一個奢華、內鬥、漸失民心的君主，也無能為力。他曾以「二桃殺三士」之計，清除三個驕橫的大將，其中一個即是田家的田開疆。他設計讓景公賞賜兩隻桃子給三人，分桃不均，爭功之下三人先後自殺。

孔子見齊景公，是在魯昭公被季氏逐走，避居齊地的時候，大概三十五六歲，已露頭角，看到「君不君，臣不臣」，乃有此說。而這說法，不是孔子發明的，《國語·晉語》載殺手勃鞮奉命追殺流亡去國的重耳，曾對晉惠公說「君君臣臣，是謂明訓」，是知孔子不過引用古訓。而他這話，既答景公之問，其實也是說給另一個流亡失權的魯昭公聽；最大的矛頭，則是季氏、田氏。換言之，所有不恰當的權力都是他針砭的對象。這以後他回魯後，設計對付三桓，經過「墮三都」的失敗，對政治實務自是成熟得多。

我們試試設身處地，思考一下在當時的環境，一個訪客，可以對主人怎麼說，會說得更切實、更坦誠嗎？

而齊景公不會聽不明白，他答：說得好呵，要是君不像君、臣不像臣，父不像父、子不像子，即使糧食多，我能吃到嗎？(「雖有粟，吾得而食諸？」) 他關心的仍是自己能否吃好，好像有好吃的，即等於君是君臣是臣了。看似認同、讚美孔子，還可以想像他一定滿臉笑意，其實是皮笑肉不笑。這位齊景公會聽諫言、會認錯，情商（EQ）高得出奇，但無意改過。《史記》説他「好治宮室，聚狗馬，奢侈，厚賦重刑」，正是「君不君」。田氏僭權，也正是「臣不臣」。多年前我到過齊景公位於淄博市臨淄區的墓地，殉葬的有六百匹馬，全屬被處死的壯年戰馬。

然則孔子既無權，他婉轉提示的齊景公，其實也逐漸失權。這是理解孔子説話非常重要的語境。君與臣，權責不清，有的荒怠有的僭奪。孔子對君主可不是無條件擁護的，他要求君主：

為政以德。（《論語 · 為政》2.1）

其身正，不令而行；其身不正，雖令不從。（《論語 · 子路》13.6）

2

景公再見孔子，就不再發問請教，以免自討沒趣了；最後，索性對孔子説：「吾老矣，不能用也。」(〈微子〉18.3) 這等同逐客，俗云「過主」。論者説孔老師「尊君卑臣」，維護當權，是搔錯癢處。《孔子家語 · 辯政》載子貢曾問老師，齊君、魯君，以及葉公問政，何以得到不同的答案，對齊君是「政在節財」，對魯君是「政在諭臣」，對葉公是「政在悅近而來遠」。孔子答：「各因其事也。」一個奢華，一個有權臣三人，弊在不會教諭臣民。另一個呢，地廣都狹，民有離心，不能安居樂業，「此三者，所以為政殊矣」。

這可見同樣的問政，因應不同的時候與國情，乃有不同的答案：針對不同的症下不同的藥。宏觀而言，所謂「君君臣臣，父父子子」是明示各有職分，在本分裏做好，這是為傾頹失秩開的藥方。勞思光指出這是正名的觀念，明確責任與權利，名不正則言不順，言不順則事不成。事不成，則或下移，或僭越，國將不國，家將不家。要是說他看不到社會進步的力量，則不知這進步的力量當時在哪裏。西方也要等到十八世紀才想到帝制並非必然。「正名」之說，乃孔子對子路「必也正名乎」的解答（〈子路〉13.3）。他開先河，其他諸子，也有此說，見雜家的《呂氏春秋．先識》、法家的「循名而責實」(《韓非．定法》)、荀子的〈正名〉。

郭店楚墓先秦竹簡，其中《六德》，說的是夫婦、父子、君臣六位的關係，六位各行其職，於焉產生六職。六職有六種德行的準則，「君為義德，臣為忠德；夫為智德，婦為信德；父為聖德，子為仁德」，可見互相對應，不是單方面的順從。竹簡且以倫常為重，云：「為父絕君，不為君絕父。」

當君不君、臣不臣，再無可挽救的時候，又將如何？孔子沒有回答，他一直沒有絕望，不過也有話補充：

> 所謂大臣者，以道事君，不可則止。（〈先進〉11.24）

子路問事君，子曰：「勿欺也，而犯之。」（〈憲問〉14.22）

上句是孔子回答季子然說事君以道，那是指德治，不可則辭職不幹；下句「犯」指觸犯勸諫，他教弟子子路不可欺瞞，要當面犯顏規勸。出土秦法竹簡則云「敬上勿犯」（《為吏之道》），秦朝是不容犯顏的。到了顏回過世，然後是子路殉難，之前連瑞獸也打死了，才不得不絕筆《春秋》，承認「吾道窮矣」。這個窮途，不啻為後人另開新路。到了戰國，他的孫兒、孫兒的後學，承接他的遺教，終於轉出倘君有大過，反覆勸諫而不聽，則「易位」、「殺一獨夫」（《孟子．梁惠王下》）。孟子說：

君之視臣如手足，則臣視君如腹心；君之視臣如犬馬，則臣視君如國人；君之視臣如土芥，則臣視君如寇讎。

然則孔子絕對禁止篡奪？其實也不見得，在《中庸》裏他稱頌周武王推翻商紂，云：

武王纘大王、王季、文王之緒，壹戎衣而有天下，身不失天下之顯名，尊為天子……

（武王繼承曾祖太王、祖父王季、父親文王的業緒，披上戰衣一舉而獲得了天下，自己並沒有失去盛名，受尊為天子……）

孔子與孟子的君臣之說，法家的韓非並不同意，事君是要一侍到底，不管是非的，「順上之為，從主之法；虛心以待令，而無是非也」（《韓非子．有度》）。這下開了秦皇的專暴。韓非更不同意堯舜湯武的弒君：

> 堯、舜、湯、武，或反君臣之義，亂後世之教者也。堯為人君而君其臣，舜為人臣而臣其君，湯、武為人臣而弒其主、刑其尸，而天下譽之，此天下所以至今不治者也。（《韓非子．忠孝》）

他繼而說：

> 臣之所聞曰：「臣事君，子事父，妻事夫，三者順則天下治，三者逆則天下亂，此天下之常道也，明王賢臣而弗易也。」

韓非的「事」，是絕對的服從。孔子並無「三綱五常」之說，此說在五四以來惡名昭彰，深究起來，我以為三綱之源實來自法家，後世儒者再以孟子的「仁義禮智信」湊成五常。漢代馬融、董仲舒兩位大儒照單全收。董仲舒更把人道接通天道，胡吹甚麼「王道之三綱，可求於天」（《春秋繁露．基義》）。馬融注釋《論語》，又上溯夏商周三代，認為三綱五常乃相因相承。到了朱熹，再加強化為「三綱五常，恆古恆今不可易」云云。

而韓非的老師荀子講孝道時還會指出不從父命，有時反而是孝的表現，並且引用古語：「傳曰：從道不從君，從義不從父。」（《荀子．子道》）此語在〈臣道〉裏再引一次。

韓非的悖論，很可怕。他早期在韓因不受任用，乃作〈孤憤〉自況，極言賢智受制於愚不肖的「當塗之人」，賢智也恥與他們合作。其中一句，很重要，他在後來的文章再三大加發揮：「臣主之利與相異者也。」由於君臣利益不相同，於是認定君主重臣信臣根本就是「大失」。此說其實襲自商鞅。君與臣利益不同，再而對立，再轉而君主不可尚賢任智，實是法家諸子一貫的看法。倘要統治者推行愚民的政策，的確不宜任賢用智。這種二元對立的思維，是只見君臣利益之異，而不見君臣利益之同。徹底推行，則舉國皆愚：

> 上與吏也，事合而利異者也。……夫事合而利異者，先王之所以為端（保）也。……故遺賢去智，治之數也。（《商君書．禁使》）
>
> 愛臣太親，必危其身。（《韓非子．愛臣》）
>
> 人主之患在於信人，信人則制於人。……夫以妻之近與子之親而猶不可信，則其餘無可信者矣。（《韓非子．備內》）
>
> 田氏奪呂氏於齊，戴氏奪子氏於宋，此皆賢且智也，豈愚不肖乎，是廢常上賢則亂，捨法任智則危。（《韓非子．忠孝》）
>
> 夫民智之不足用亦明矣。故舉士而求賢智，為政而期適民，皆亂之端，未可與為治也。（《韓

非子·顯學》)

人主有二患：任賢，則臣將乘於賢以劫其君；妄舉，則事沮不勝。(《韓非子·二柄》)

親如夫妻父子都不可信，確乎其他再無可信，君與臣自更勢不兩立，到了「一日而百戰」(《韓非子·揚權》)的惡劣地步，這會是怎麼樣的一個世界？問題在，君主為甚麼要信你？你怎麼看待你自己：賢人抑或愚民？你對君主喋喋勸誡，到底是為君主的利益抑或是為你自己的利益？

二千多年來，認為孔子「君臣父子」之說，乃維護封建等級制度，其實是插贓。

攻乎異端？

1

《論語》下面一句，產生不少歧異，以至相反的解讀：

子曰：「攻乎異端，斯害也已。」（《論語．為政》2.16）

孔子這話不過是八個字，其中三對：攻乎、異端、也已，歷來各有不同的解釋。這話很重要，關乎孔子整個信念、精神，必須辨明。

單一個「攻」字，已有兩種相反的說法：一、研究，或專治；二、攻擊，或批判。解作研究或專治較早。

最早的是三國的何晏：「攻，治也。善道有統，殊途而同歸，異端不同歸也。」（邢昺《論語注疏》引）

南北朝梁的皇侃：「此章禁人雜學諸子百家之書也。攻，治也。」（《論語義疏》）

然後到了宋代。宋人的解說，承自何、皇二君，問題是，孔子當年，何來「諸子百家之書」？北宋的邢昺如是，南宋的朱熹也說：

范氏曰：攻，專治也，故治木石金玉之工曰攻。異端，非聖人之道，而別為一端，如楊、

墨是也。其率天下，至於無父無君，專治而欲精之，為害甚矣。程子曰：佛氏之言，比之楊、墨，尤為近理，所以其為害尤甚。

朱熹的影響當然最大，也最胡扯。雖明知孔子當世並不存在楊、墨、佛家，他當是異端的實例，孔子當世，其實難以舉出「異端」的例子。於是孔子儼如先知，能防患未然。

從三國到南宋，這些名儒共通的是：以「攻」為研治，「異端」為有害的東西。

但宋代也已開始對「攻」有不同的意見，解作「攻擊」。那是南宋的孫奕，清人劉寶楠引用他的話：「孫弈《示兒編》：『攻，如攻人惡之攻。已，止也。謂攻其異端，使吾道明，則異端之害人者自止。』」除了「攻」字作「攻擊」，也當「已」是動詞，即「止」。不過「已」與「也已」其實有別。皇侃《論語義疏》「斯害也已」句末還有一個「矣」，「也已」應是加強語氣的虛詞。而更重要的「異端」，孫氏還是前人的意思，認定是「害人」之物。近人程樹德的《論語集釋》指出《論語》中凡用攻字都作攻伐解，如：

攻其惡，無攻人之惡。(〈顏淵〉12.21)

小子鳴鼓而攻之，可也！(〈先進〉11.16)

「攻其惡」的「其」，指自己；楊伯峻語譯云：「批判自己的壞處，而不去批判別人的壞處。」楊氏接着數出《論語》中用「攻擊或批判」意共四次。他據此語譯「攻乎異端，斯害也已」為「批判那些不正確的議論，禍害就可以消滅了」。用《論語》解《論語》，很好，不過「攻」之後還有一個「乎」字，這介詞相當「於」，變得並非那麼斬釘截鐵。錢穆《新解》以為「攻」與「攻乎」有別，他取專攻義，謂專於一事一端用力。

至於「異端」，楊伯峻仍解為「不正確的議論」，那是白話用語。程氏引《論語補疏》「漢世儒者以異己者為異端」，跟自己不同，就是「不正確」。漢代的儒者如此，春秋時期的哲人、政治家呢？

這種種以為孔子排斥異見的注解，跟法家排斥兼聽之說，竟然沒有分別：

> 自愚誣之學、雜反之辭爭，而人主俱聽之，故海內之士，言無定術，行無常議。夫冰炭不同器而久，寒暑不兼時而至，雜反之學不兩立而治，今兼聽雜學繆行同異之辭，安得無亂乎？
> （《韓非子．顯學》）

真正的突破，是焦循。清代的焦循距孔子比三國的何晏更遙遠，但反正都是後而又後的讀書人，時間已無分遠近，要靠對孔子整個學說的理解。焦循說得精審，劉寶楠加以引用，不妨詳引：

> 焦氏循補疏：「《韓詩外傳》云：『別殊類，使不相害，序異端，使不相悖。』蓋異端者，各為一端，彼此互異，惟執持不能通則悖，悖則

害矣。有以攻治之，即所謂序異端也。『斯害也已』，所謂使不相悖也。攻之訓治，見《考工記注》。……

有容而若己有，則善與人同，故能保我子孫黎民而為利。媢疾不通，則執己之一端。不能容人，故不能保我子孫黎民而至於殆。殆即害也，害止，則利也。有兩端則異，執其兩端，用其中於民，則有以摩之而不異。剛柔，兩端之異者也。剛柔相摩，則相觀而善。孟子言楊子為我，墨子兼愛。又特舉一子莫執中，然則凡執一，皆為賊道。不必楊墨也。

又曰：道衷於時而已。故曰，『我則異於是，無可無不可。』各執一見，此以異己者為非，彼亦以異己者為非，而害成矣。」

近人經常引用的「有容乃大」，源自《尚書‧君陳》。焦循仍解「攻」為「研治」，不過不再排斥「異端」，異端不單無害，更且有益。下面稍加闡析。

首先，要是各執一端，則角度不同，彼此互異，你看我是異己不對，我也看你是異己不對（「各執一見，此以異己者為非，彼亦以異己者為非」）。試問自己之外，誰又不是異端？以異己為有害，實是近人所說的自我中心主義（egocentrism）。

其次，相異正可以互補，「剛柔，兩端之異者也。剛柔相摩，則相觀而善」。互不相容，執持不通，就有害了。執一，就是賊道。這和西方人講二元對立不同，那是對立之中，其中一元勝於另一元。這是二元相容，彼此競秀。

「執其兩端，用其中於民」一語，來自《中庸》第六章，是孔子稱讚舜帝的話，這正是儒學的要義。勞思光曾從文體、用語、思想三方面考定，認為《中庸》作於漢初，並非子思之作（《新編中國哲學史·第二卷》）。1993 年出土的郭店楚簡先秦的儒家典籍，其中《性自命出》與《中庸》對讀，思想頗有相近處，卻也有所不同，前者談「情」，後者說「誠」，似為儒學分途。但勞思光仍然肯定「《中庸》之理論仍較其他漢儒怪說遠為精嚴」。二千年前的《中庸》，最可貴的是能辯證地看問題，辯證地處理問題。至於是否子思之作，又是否勞思光所認定孔孟心性說的歧出，還有待專家細辨。司馬遷、鄭玄，今人龐樸、李學勤對這一端是肯定的；歐陽修、崔述，今人勞思光那一端則否定。無論各執哪一端，亦無損《中庸》的價值。我以為《中庸》是儒學在認識論，以至方法論上的一大建樹。

所謂兩端，是物事的本然狀態，「端」之為物，必有兩頭，朱熹注云：「蓋凡物皆有兩端，如大小、厚薄之類。」對了，再說下去，合該是兩端雖矛盾對立，卻是互相依存，相反而相成。有大無小、有厚無薄，則大不成大、厚不成厚。北宋的張載甚且提出天地萬物生生不息，就是這兩端的作用：

> 兩不立則一不可見，一不可見則兩之用息。兩體者，虛實也，動靜也，聚散也，清濁也，其究一而已。（《張子正蒙·太和》）

又說：

其陰陽兩端循環不已者，立天地之大義。（《張子正蒙．太和》）

但所謂「中庸之道」，一般人誤以為是兩頭折衷，是兩端的「中間」，是和稀泥的平均數；今人又多以中庸為貶義。不對。「中」有二義，一指物事的空間位置，另一則屬哲學的理念，照儒家看來，是不偏不倚，是權衡兩端的利害，既不冒進，又不懦怯，恰當適中之意。老莊也重「中」，《老子》云：「多言數窮，不如守中。」郭店竹簡也說：「致虛，恆也；守中，篤也。」不過指的是心境：寧靜，虛和。莊子〈齊物論〉的「環中，以應無窮」，也是這個意思。

2

《易經．夬九五》云「中行無咎」，意即中正而行則不會有罪咎。「中行」一詞，見於《易經》：

有孚中行，告公用圭。（〈益六三〉）

秉持誠信中正，用珍圭告知公侯。孚，指誠信；圭，是古人互相取信之物。

中行，告公從，利用為依遷國。（〈益九五〉）

秉持中正行事，告訴主公則主公會聽從，可用來達成遷移國都。

《易》卦中的第二爻處下卦之中，第五爻處上卦之中，這兩爻均都在兩端之中；得「中」，一般認為吉。

程頤說：「不偏之謂中，不易之謂庸。中者，天下之正道；庸者，天下之定理。」（朱熹《中庸章句》第一章）然則如何才算「適中」？孔子不是說過：「君子之於天下也，無適也，無莫也，義之與比。」（〈里仁〉4.10）沒有教條，不是一塊鐵板，而是視乎實際景況，只要合情、合理就是。《中庸》第二章，朱熹注也說：「蓋中無定體，隨時而在，是乃平常之理也。」這其實是處世之道，原則要守，卻也要隨機應變。

「庸」有常道之意，又通「用」，的確平常而可用。用現代的說法，「中庸」則是行事時，因應條件，避免偏激，不要過度，又不可不足，要斟酌時勢，取其適中。這所以年輕人要讀《中庸》，尤其紛亂的時世。〈子罕〉9.8 記一位鄉下人向孔子提問，頗能說明問題：

> 子曰：「吾有知乎哉？無知也。有鄙夫問於我，空空如也。我叩其兩端而竭焉。」

朱熹注解：「孔子謙言己無知識，但其告人，雖於至愚，不敢不盡耳。叩，發動也。兩端，猶言兩頭。」朱熹把《中庸》從《禮記》裏抽出，固然別具慧眼，但注解《論語》，太多借題發揮，也有不少錯解。從漢代開始，名儒無一例外，視孔子的話語為人生價值的圭臬，更同時是建立社會秩序、推動政治理想的指導。《論語》中孔子不含語境的言說，最方便利用。朱熹否定「兩端」對立而互補，則這個注解就落了空。我為宋以後考科舉的讀書人叫屈。以「空空如也」為孔子強調自己甚麼都沒有的無知之狀，則何來又何能盡竭兩端？這毋寧是形容鄙夫的神態。空空，通悾悾。或解為愚笨、無能，又或解作恭敬、誠懇。〈泰伯〉8.16 云：「悾悾而不信。」《後漢書．劉瑜傳》：「臣悾悾推情，言不足採。」叩，叩問，也有誠懇的意思；朱熹解作「發動」，難以接通下文。孔子的意思不如翻做：鄙夫有問題問我，樣子誠懇，我徹底地叩問他問題的始末。

這是孔子嘗試解決問題的方法：謙虛而耐心地查根究柢，「叩其兩端」。弄清楚來龍去脈，則茅塞打開，問題至少解決了一半。這其實也是引導鄙夫自己解決問題。我這篇文章，以及其他，方法也無非執兩用中，考量正反雙方，再擇善而從。

焦循的解說，錢穆顯然是同意的。他說：

> 一事必有兩頭，如一線必有兩端，由此達彼。若專就此端言，則彼端成為異端，從彼端視此端亦然。……本章異端，乃指孔子教人為學，不當專向一偏，戒人勿專在對反之兩端堅執其一。……孔子平日言學，常兼舉兩端，如言仁常兼言禮，或兼言知。又如質與文，學與思，此皆兼舉兩端，即《中庸》所謂執其兩端。執其兩端，則自見有一中道。中道在全體中見。

還是回到是孔子對異議的態度，以及他整個一貫的思維、信念：「忠恕而已」、「矜而不爭」、「我則異於是」，以至「無適無莫，義之與比」，《尚書》所云「有容，德乃大」。這，其實也符合春秋時代知識人的態度。

孔子的官威：誅少卯？

孔子排斥異己，這在《論語》中是看不到的。世傳他攝行相事時曾誅殺少正卯，這事件子思不言，《孟子》、《左傳》、《國語》不載。最先提出的是荀子，荀子多活幾年，就會看到秦的統一天下。這位戰國末的大家，距孔子二百多年。他說：

> **孔子為魯攝相，朝七日而誅少卯。**（《荀子·宥坐》）

孔子繼而向門人解釋誅殺少卯的原因，列舉少正卯的五大惡行：「心達而險」、「行辟而堅」、「言偽而辯」、「記醜而博」、「順非而澤」。此文繼而又說孔子為魯司寇，有父子爭訟，孔子拘禁了兒子，三個月也沒有斷案。父親請求，孔子就釋放了。引起季孫不滿。孔子的答覆是：

> **上失之，下殺之，其可乎？不教其民，而聽其獄，殺不辜也。**

兩段內容，呈現的孔子（前文為攝相，後文為司寇），明顯有別，哪一個更符合孔子一貫的說法？這之後《孔子家語·始誅》也說，並且加添了材料：

孔子為魯司寇，攝行相事，有喜色。……朝政七日，而誅亂政大夫少正卯，戮之於兩觀之下，屍於朝三日。

《荀子·宥坐》多疑不是荀子手筆，胡適就認為是「東拉西扯」湊集而成（胡適《中國古代哲學史》）。其中有門人向孔子「幾諫」：說他開初為政就誅殺名人，不會錯失吧。這門人，《家語》坐實為親弟子子貢。殺了，更陳屍市集。這一次，他用誅殺來教民。從法家的眼光，確乎痛快淋漓。《家語》下文跟《荀子》相彷彿，也是這樣解釋。

再然後《史記》、《淮南子》、《說苑》、《論衡》、《白虎通義》等等都加以轉發。其中東漢王充的《論衡·講瑞》再加添鹽醋，說孔子在魯辦私學，這個少正卯也在魯辦私學，把孔子學生一而再再而三搶去了，只有顏回一個留下：

少正卯在魯，與孔子並，孔子之門三盈三虛，唯顏淵不去。

「三盈三虛」是指孔子的學校多次滿了又空。好像孔老師辦的是時下的補習社，飯碗多次被搶，面子也過不去，難怪懷恨在心，一旦得權，所謂「攝行相事」，就羅織罪名，把對手殺了，更且暴屍三日。當時真有那麼一個比孔子更有魅力的補習天王，而東漢之前竟沒有記載，親者與仇敵也無一齒及？

然則世稱孔老師最早辦私學，豈能不提少正卯？少正卯也辦私學麼？韓非豈能稱孔儒為「世之顯學」，許多年後再配稱萬世師表？王充也妙，替弟子彌縫，學生不盡去，留下好一個顏回，是他居陋巷，繳不起新老師的學費？其他學生呢？都是貪新忘舊的東西？

孔子「攝行相事」，是怎麼一回事？

清梁玉繩《史紀志疑》一語道破：「魯之相，季氏尸之，孔子安得攝相乎！」孔子在魯定公與齊景公夾谷之會時，擔任的「相事」，是禮儀的主持；孔子以知禮聞名，宜乎為兩國元首相會主持儀式。「尸」是指代理，通常在祭禮時代祭的人。崔述《洙泗考信錄》云：「春秋之時，無以相名官者。」專魯政的是季氏，孔子為司寇，不過一度得季氏信任而已，既無相名，也無相權。「上失而殺下」，已經不可，何況少正卯也是大夫，少正是官名，孔子以大夫之職豈能殺另一大夫？季氏這次不置一辭。事必鼎動，何以到了戰國末才有荀子之記？

整個誅殺少正卯事件，朱熹最早提出質疑，梁、崔繼承，逐一反駁。錢穆在《先秦諸子繫年》第十四篇有精審的辨析，並指出殺士之意始自《戰國策》中趙威后，她向齊使質問：何以不殺陵仲子？這位陵仲子，隱士而已。我在舊作《歷史的際會》，曾分析她提出殺人的理由很恐怖：

> 是其為人也，上不臣於王，下不治其家，中不索交諸侯。此率民而出於無用者，何為至今不殺乎？

她所謂無用之人就要殺，這在春秋時代是沒有的，而古代誅士之行，大多虛造。錢穆說：「下至荀卿，乃益唱誅士之論。」荀子斥責子思、孟子，他對詩書並沒有體悟與認識，斥俗儒「不知隆禮而殺《詩》《書》」（《荀子·儒效》）。殺，貶斥之意，其名篇〈勸學〉云：「《詩》《書》故而不切……上不能好其人，下不能隆禮，安特將學雜識志，順《詩》《書》而已耳，則末世窮年，不免為陋儒而已。」這方面尤應注意，拒棄文學的熏陶、書史的借鑑，則人趨功利與涼薄，禮義也變得沒有人情感性的根，轉手到了韓非李斯，發展為倡言君主排斥異己，偶語詩書棄市，其思路順勢推衍，再加上奉承取媚當權，到頭來，連整個士的族群，包括他們自己，一併坑了。

《論語·顏淵》12.19 載季康子向孔子問政，說：要是殺掉壞人來延攬好人，怎樣？孔子答：「子為政，焉用殺？」如果您想搞好國家，人民自然會好起來。領導的品德像風，百姓的品德像草，風在草上吹，草一定隨風倒。他答子張，再進一步：「不教而殺謂之虐。」〈堯曰〉20.1 這一則之中，他這樣說：

興滅國，繼絕世，舉逸民，天下之民歸心焉。

興、繼、舉，都是正面的做法。避世隱居的人才是要提拔的，而不是殺。照曾參的理解，夫子一以貫之之道：「忠恕而已矣」。戰國亂世，已不講忠恕容人之道了，孔子說過「矜而不爭」（〈衛靈公〉15.22），弟子子張也說「君子尊賢而容眾」（〈子張〉19.3）。

誅少正卯有違孔子的信念，又有人提出，問題出在這個「誅」字。清代《孔子集語》作者孫星衍說：誅不一定解作殺，更多解作斥責、懲罰。俗云「口誅筆伐」，《說文解字》訓「誅，討也」。孔子沒有把少正卯殺死，而是口誅、聲討。前說「尸」是代理之人。「戮」固然有殺的意思，可也另有羞辱、訓斥之意。《荀子．宥坐》也這樣解「戮」：「今殺一人以戮不孝。」全句是說斥責少正卯，在兩觀之下，由人代替（「尸」）接受羞辱。這畢竟不副孔子容納異己的做法。「朝七日而……」語調也不協，姑備一說。

「民可使由之不可使知之」的解讀

1

「民可使由之不可使知之」(〈泰伯〉8.9)，是《論語》裏孔子另一備受爭議的話，這句話，歷來由於不同的文化時空，或攻擊，或回護，至少有五六種歧異的句讀。大抵以為孔子主張「愚民」的最多。古漢語就有這個難題。這不得不頌讚五四引入標點符號之功。楊伯峻的《論語譯注》分讀成「民可使由之，不可使知之」，他譯成白話，是這樣的：

> 孔子説：「老百姓，可以使他們照着我們的道路走去，不可以使他們知道那是為甚麼。」

楊氏注釋云：「這兩句與『民可以樂成，不可與慮始』(《史記．滑稽列傳補》)所載西門豹之言，《商君列傳》作『民不可與慮始，而可與樂成』，意思大致相同，不必深求。」

然則孔子不啻是法家愚民説的先聲。西門豹是戰國魏文侯時的鄴令，他的話，是有見於治渠時父老子弟嫌辛苦，不想做。這是「河伯娶婦」的故事，是《史記．滑稽列傳》的補篇，由褚少孫執筆，不無戲劇的誇誕。西門豹對「民」的斷語，下句是「今父老子弟雖患苦我，然百歲後期令父老子孫思我言」云云。

至於商鞅的話，則是游説秦孝公變法時説的。西門豹是水利專家，商鞅則是政客，都不是教育家，不以為要教育老百姓。何以說商鞅是政客？從他游說秦孝公的過程可見，他第一次說之以「帝道」，孝公直打瞌睡，還指責為商鞅引薦的人；商鞅第二次說之以「王道」，孝公仍然沒有興趣；第三次，商鞅改變策略，用「霸道」之術游說，暢論富國強兵之法，這一次，孝公接納了。變法十年，《史記》云：「秦民大悅，道不拾遺，山無盜賊，家給人足。」下文值得注意：

> 秦民初言令不便者有來言令便者，衛鞅曰：「此皆亂化之民也」，盡遷之於邊城。其後民莫敢議令。

說新法好，跟說新法不好，都是「亂化之民」，質言之，這才是法家「不可與慮始」的本意，好話壞話，根本不容說話，說了，把你流放。商君（即衛鞅）這種思維，成為專制愚民的秦法的依據，而商君之法，又本之於魏文侯時西門豹的上司李悝的變法。

譴責孔子主張愚民，大不乏學者名人，包括馮友蘭、楊樹達、高亨、蔡尚思，等等，在「批林批孔」的年代，尤其眾口一詞。這倒奇怪，孔子要是主張愚民，與法家同呼一鼻，則理應獲得同等表揚才對。文字訓詁大家楊樹達（楊伯峻是他的子侄）在《論語疏證》（1942 年寫，1955 年問世）按語云：「孔子此語似有輕視教育之病，若能盡心教育，民無不可知也。以民為愚不可知，於是乃假手於鬼神以恐之，《淮南子》所云是也，此為民不可知必然之結論。即《淮南子》所舉四事言之，皆人所易知之事，民決無不可知之理也。」

「若（孔子）能盡心教育，民無不可知」，則民不單不愚，而是相當聰明，問題變成教育者能否盡心。這真是楊樹達的想法？至於孔子是否假手鬼神以恐民，大可討論。但從孔子整體思想去考察，鬼神，弟子說他「不語」，而且像他這麼一個人，大半生從事教育，創辦私學，弟子三千，自稱「學而不厭，誨人不倦」（〈述而〉7.2），說「自行束脩以上，吾未嘗無誨焉」（〈述而〉7.7），又說「有教無類」（〈衛靈公〉15.39），他種種教育的理念、教育的方法，現代人仍奉為圭臬，不過再加發揮；他如果不是偉大的哲學家，肯定是偉大的教育家。這麼一個人會不盡心教育，不以為民可教，甚且認為民愚，於是愚之可也？

通觀《論語》、《孔子家語》、《左傳》等等，並沒有愚民相關之說。

2

清以前，學者怎樣理解這句話？

漢代鄭玄云：

> 民，冥也。由，從也。言王者設教，務使人從之。若皆知其本末，則愚者或輕而不行。（劉寶楠《論語正義》轉引）

魏晉何晏《論語集解》說：

由，用也。可使用而不可使知者，百姓能日用而不能知。

宋朱熹：

民可使之由於是理之當然，而不能使之知真所以然也。程子曰：「聖人設教，非不欲人家喻而戶曉也。然不能使之知，但能使之由之爾。若曰聖人不使民知，則是後世朝四暮三之術也，豈聖人之心乎？」（《四書章句集注》）

大抵都屬於回護孔子，不過細節裏有鬼。

鄭玄根本認為民愚；冥，愚昧之謂，成語云「冥頑不靈」，愚昧的民眾，倘知道本末，不利設教，故不可讓他們知道。何晏句中「百姓能日用而不能知」，來自《易經．繫辭上》「百姓日用而不知」，與朱熹所說「不能使之知真所以然」，意思相近，費解在那個「真」字。我們想想，這倒是事實，譬如我對電器真可說是白癡，但我日用，並且正在用。分工越細，老實說，如非必要，我也不想知，知了，也未必永遠記得。孟子同樣說過：「行之而不著焉，習矣而不察焉，終身由之而不知其道者，眾也。」（《孟子．盡心上》）

不過，三段說法，對孔子的「可」與「不可」有不同的理解。鄭玄的「可」是應該之意。到了何朱兩位則是「能」，關乎能力問題，既是受教者也同時是教者的問題。清毛奇齡《四書改錯》已揭出「能與可，非通字也。可與不可，我得主之，此其權操之自上，故夫子言此勉有位者；若能與不能，則但任自然，聖言反多事矣」。

不過有論者以為，「不可以」與「不能夠」說到底都是「愚民主義」。我想，對待民眾，尤其是先秦的民眾，這二者實屬兩套思維。前者不為，是對「為」的否定，因民眾知道了會有害施政；後者「不為」，是誠不能為，不以為讓民眾知情會有害，而是做不到而已。這正是法儒之別。儒者是知其「不可」而為之；「舉善而教不能，則勸」（〈為政〉2.20）。一面舉薦善才，另一面教導能力薄弱者，他們自會互相勸勉。就是要打仗了，孔子也主張進行軍事教育，否則是唾棄人民：「以不教民戰，是謂棄之。」（〈子路〉13.30）教民，是儒者一個念念不忘的關鍵詞。

到了 1913 年，嚴復對孔子的話這樣解釋：

> 章中「不可」二字乃術窮之詞，由於術窮而生禁止之義，淺人不悟，乃將「不可」二字看作十成死語，與「毋」、「勿」等字等量齊觀，全作禁止口氣，爾乃橫生謗議，而聖人不得已詔諭後世之苦衷，亦以坐晦耳。（王栻編《嚴復集》第二冊）

然後他舉道德、宗教、法律三者，以事理情勢利害言，都可使由而不可使知。他的「不可」，是指窮盡辦法也做不到，實即「不能」。

1944 年，郭沫若寫孔墨批判，繼承了嚴復之說：

> 要說「民可使由之，不可使知之」為愚民政策，不僅和他「教民」的基本原則不符，而在文字本身的解釋也是有問題的。「可」和「不可」本有兩重意義，一是應該不應該；二是能夠不能夠。假如原意是應該不應該，那便是愚民政策。假如僅是能夠不能夠，那只是一個事實問題。人民在奴隸制時代沒有受教育的機會，故對於普通的事都只能照樣做而不能明其所以然，高級的事理自不用說了。原語的涵義，無疑是指後者，也就是「百姓日用而不知」的意思。(《十批判書》)

中國古代曾否有過奴隸制時代，是另一問題。

3

不可漏了康有為和梁啟超兩師徒的意見，康南海的《論語注》對孔子此言，發揮想像：

> 愚民之術，乃老子之法，孔學所深惡者。聖人遍開萬法，不能執一語以疑之。且《論語》六經多古文竄亂，今文家無引之，或為劉歆傾孔子偽竄之言，當削附偽古文中。

他指出不能泥執這麼一句就質疑孔子，他是「遍開萬法」的聖人，我想，這話本身就是「愚民」。他照例認為愚民，可能又是古文派的劉歆作偽，竄入《論語》中。《論語》中的聖人，一如《新學偽經考》的角色，成為他推動政治變革的工具。一千九百年前的劉歆不是他的假想敵，而是不斷曝光的真敵。他在《論語注．序》中云：「（《論語》）其流傳，……不幸而劉歆篡聖，作偽經以奪真經，《公》、《穀》、《春秋》，焦、京《易》說既亡，而今學遂盡，諸家遂掩滅。」《公羊傳》、《穀梁傳》、《春秋》，焦、京兩師徒傳的《易經》，全都滅沒，孔子的大道於是掃了地，一切，都是劉歆之過。

《論語注》是康氏在 1902 年竄居印度之作。同一年，梁新會對孔子的話有不同的解讀：

> 經意本云：「民可使由之不可使知之」，言民之文明程度已可者，則使之自由；其未可者，則先使之開其智也。夫民未知而使之自由，必不能善其後矣。使知之，正使其由不可而進於可也。
>
> （《飲冰室文集．孔子訟冤》）

這是五四之前的新解，無論如何，結合了孔子的通盤理念：開啟民智，而不是「不可」到底的愚民。後人因此句讀成「民可使，由之；不可，使知之」。這比一股腦兒諉過劉歆有意思得多；師徒不單識見越行越遠，說到人品道德，差距也不可以道里計。

稍後，1913 年，宦懋庸的《論語稽》出版，其子宦應清為之校注，對孔子的話，加以按語：

清按：言對於民，其可者，使其自由之；而不可者，亦使知之。或曰：輿論所可者，則使其由之；其不可者，亦使其知之。

看來實不出梁啟超之說，讀為「民可使，由之；不可，使知之」，無疑合情合理。奇妙的句讀，後來層出不窮，例如「民可使由之？不。可使知之。」，變成孔子自問自答，而且是當代白話式的。

4

還是先秦的竹簡有意思。1993 年出土的郭店楚墓竹簡，墓主大抵生活在戰國中晚期，當在孟子前後（抄寫自必早於入土），其中儒家典籍十四篇，《尊德義》、《成之聞之》兩篇對理解「民可使由之不可使知之」極有參考作用。

兩篇都是向為政者說教，一篇要為政者尊德義，要遵道而行，所謂「道」，舉例說「聖人之治民，民之道也。禹之行水，水之道也；造父之御馬，馬之道也；后稷之藝地，地之道也。莫不有道焉，人道為近。是以君子，人道之取先」。然則這個「道」，大抵為物事自我 itself 的法則，要順其質性，不能違逆。「不由其道，不行」，例如夏禹治水，要搞清楚水性（水之道）；教民，同樣要知民性（民之道）。民性是甚麼呢？是上行下效，雖被動，卻也不是完全沒有意志，「下之事上也，不從其所命，而從其所行。上好是物也，下必有甚焉者」。竹簡《緇衣》有同樣的句子。「道」成為動詞，與「導」

相通，則是教導，而這教導，也不能強迫為之。《尊德義》云：

民可使道之，而不可使知之；民可道也，而不可強也。

句意與句式，和「民可使由之，不可使知之」呼應，民眾可以引導，但「不可使」，就是不可強迫。這樣的解讀，無論時間與心思，應該最接近孔子。《成之聞之》則進一步從根源上囑咐君子，治民，先要「求諸已」：自己修養好善德，身體力行，這是「本」，捨本則難以使民眾服從。「行不信則命不從，信不著則言不樂」，原來民眾是可以不從命的，果爾是思孟學派的心法。民眾可以引導，卻不可蒙蔽；可以順性駕御，卻不可牽着鼻子走：

苟不從其由，不反其本，雖強之弗入矣。上不以其道，民之從之也難。是以民可敬導也，而不可掩也；可御也，而不可牽也。

竹簡出土，揭開二千多年前孔子「可使與不可使」的意思。

孔子與鬼神

1

孔子之於鬼神，是視同「怪力亂」，都「不語」(〈述而〉7.21)，倘再加深究，是由於「不知」。西方近世哲學家如羅素、生物學家如達爾文，對宗教上神的存在與否，既不否定又不肯定，也是不知道，是所謂「不可知論」(agnosticism)。這個不知道，孔子在二千五百年前提出，卻是非同小可，大大的突破。先要弄清楚，對鬼神不知道，不等於否定鬼神，〈雍也〉6.22 中，樊遲問「知（智）」，這是他有名的答話：

務民之義，敬鬼神而遠之，可謂知矣。

孔子說全心全意做好民眾所需的事，——樊遲可能因魯齊之戰有功，做了官，面對民眾事務。智的問題，他問過兩次，答案都不同，這次，孔子忽然轉到鬼神去，這麼一轉語，可知鬼神是時尚，又是做官的人要處理的問題。

朱熹引程子之言：「人多信鬼神，惑也；而不信者又不能敬，能遠能敬，可謂知（智）也。」程子明言「信」是「惑」，這是程朱後世之見，孔子只是說「敬而遠之」，沒有說「惑」。至於如何能夠又遠又敬，沒有說清楚。關鍵是：甚麼是「敬」呢，是尊敬，是指嚴肅對待？

錢穆則從民意去解釋孔子對鬼神的敬與遠：「鬼神之禍福，依於民意之從違。故苟能務民之義，自能敬鬼神，亦自能遠鬼神。」

這是理想的説法。説鬼神依民意，實際卻是民意依從鬼神，借司馬遷的父親司馬談所云「使人拘而多所畏」。對鬼神的這個「敬」，歷來都化解不了。

我認為可以從神學家對上主的「畏」去理解，敬往往和畏連用：「敬畏」。十九世紀丹麥的祁克果（Kierkegaard），在《敬畏的概念》（*The Concept of Dread*），分別敬畏（dread，或譯作 anxiety）與恐懼（fear）：有實體的叫「恐懼」，沒有實體的叫「敬畏／焦慮」。二十世紀後，海德格爾接手，説得更清楚：

> 畏與懼根本不同。……因為恐懼總有其恐懼甚麼與為甚麼而恐懼的這種局限性。畏……卻不是為這個或為那個而畏，我們所畏與所為畏的東西是不確定的，但其不確定並不單純就是缺乏確定性，而是在本質上不可能加以確定。（《形而上學是甚麼？》，熊偉譯。）

換言之，恐懼，是有具體可知的對象；敬畏，則面對一種不理解不能確定之物。這是孔子對鬼神既「敬」又「遠」的最好注腳。面對不確定，祁克果選擇投向上帝膝下，他強調人可以選擇；孔子則選擇轉向人間事務。

2

〈先進〉11.12 另一則同樣著名的問答：

> **季路問事鬼神。子曰：「未能事人，焉能事鬼？」**
>
> **曰：「敢問死。」曰：「未知生，焉知死？」**

這個「知」，是知道的知。大弟子子路問如何侍奉鬼神。子路很率直，病在比較急躁，孔子的答案有點搶白：侍奉人已難，遑論侍奉鬼神。這是要弟子回歸人生事務，再加上：生事已難知，怎麼知道死呢？

〈述而〉7.35 另記孔子病重時，這次又是子路，他請求為老師祈禱，這樣對答：

> **子疾病，子路請禱。子曰：「有諸？」**
>
> **子路對曰：「有之。《誄》曰：『禱爾於上下神祇。』」**
>
> **子曰：「丘之禱久矣。」**

「疾」是動詞，這是說孔子病重；子路請求祈禱。孔子說：「有這回事嗎？」子路答：「有的。《誄文》說過：『我祈禱天神地神保佑您平安。』」孔子說：「我早就祈禱過了。」

「丘之禱久矣」，明顯是托詞。他的態度是，要是沒有德行，祈禱也沒有用；有德行，又何需祈禱。意思其實是：祈禱，根本沒有用。然則他對上下神祇，雖不明言，是拒還是迎？

西漢劉向的《說苑・辨物》博取逸聞，記孔子另一大弟子問「死」的問題：

> 子貢問孔子：「死人有知無知也？」
>
> 孔子曰：「吾欲言死者有知也，恐孝子順孫妨生以送死也；欲言無知，恐不孝子孫棄不葬也。賜欲知死人有知將無知也？死徐自知之，猶未晚也。」

死人有知抑無知，即鬼神有否的問題。孔子曾否這樣解釋知與無知的兩難，我們也不知道，不過說「死徐自知之，猶未晚也」，不失為孔子對「未知生，焉知死」說法的彌縫。這問題，他好像總在迴避，難怪弟子會說「子不語」。或不免會問：那麼我們何必認真喪葬呢？曾子說得好：「慎終，追遠，民德歸厚矣。」（〈學而〉1.9）認真做好親人的喪事，祭祀歷代的祖先，李澤厚說這開始了人的族類的醒覺，即是人的文化心理的醒覺（《論語今讀》）。不知有否誇大了。孔子提到不是自己該祭的鬼神，就是阿諛。「其非鬼而祭之，諂也。」（〈為政〉2.24）然則孔子所說的鬼，不是一般人泛稱之物，而有所限定：自己的祖先。

死後，自是人所關心的事，神學家田立克（Paul Tillich）云：「終極關懷」。孔子並非不關心，只是這方面他既無所知，不能肯定又不能否定，令人想起維根斯坦的名言：凡不能談論的，就該保持沉默。這所謂「知之為知之，不知為不知，是知（智）也」（〈為政〉2.17）。身為師表，不懂就是不懂，沒有裝懂。更重要的，對不確定、不知的物事，與其費心力，不如務實地關懷生前，那當下的人世。這不僅是人文精神的構建，更是改革。何以這樣說？

3

因為孔子之世仍是在一個深信鬼神的時代。夏商的巫文化時代，凡事問卜，求鬼神致福，大量的卜辭證明，人事一切聽令鬼神。到了周代，對鬼神還是確信不疑。這方面實無需費辭，《左傳》記人鬼相交的例子不少，或通過夢境，甚或在光天化日下議事，試舉一則就夠了，那是春秋初僖公十年（公元前650年）：

> 晉侯改葬共大子。
>
> 秋，狐突適下國，遇大子。大子使登，僕，而告之曰：「夷吾無禮，余得請於帝矣，將以晉畀秦，秦將祀余。」
>
> 對曰：「臣聞之，『神不歆非類，民不祀非族』，君祀無乃殄乎？且民何罪，失刑、乏祀，君其圖之。」
>
> 君曰：「諾，吾將復請。七日，新城西偏將有巫者而見我焉。」
>
> 許之，遂不見。及期而往，告之曰：「帝許我罰有罪矣，敝於韓。」

大子即太子，共恭相通，即太子申生。

語譯如下：

晉惠公改葬恭太子。

秋季，狐突到曲沃去，遇到太子。太子讓他登車駕御，告訴他說：「夷吾無禮，我已經請求上帝並且得到同意，要把晉國給予秦國，秦國將祭祀我。」

狐突回答說：「臣子聽說，『神不享用不是自己同族的祭品，百姓也不祭祀不是自己的同族』，您的祭祀恐怕會斷絕了。而且百姓有甚麼罪？處罰不當，又斷絕祭祀，請您考慮。」

太子說：「好吧，我會重新請求。七天後，在新城西邊我會憑借巫人現身，可來見我。」狐突答應，太子就不見了。到約定的日子前去，巫人告訴他說：「天帝已允許我懲罰有罪的人，讓他在韓地大敗。」

文中帝鬼巫，三者一爐而冶，鬼得請示帝，又要化身為中介的巫。狐突有否真見鬼，並且諫鬼，——此見鬼也不見得有知（智），至少敘事者直書不疑。

不妨舉稍後於孔子的墨子，其人活動於春秋末戰國初，深信鬼神之有，對無鬼神論者大力譴責，針對的是孔子及其弟子，認定儒者有四種學說足以喪亂天下，其一是「以天為不明，以鬼為不神，天鬼不說」（《墨子．公孟》）。〈明鬼〉中更條列信仰鬼神的例證：過去許多帝王例如周宣王、秦穆公、宋文公等等，都曾活見鬼；三代都祭祠鬼神，文獻有徵；敬奉鬼神，不會妨礙孝順；且鬼神能賞賢罰暴，桀紂之亡，就是例證。

他說「鬼神能賞賢罰暴」，不少論者說這才是他真正的用心，一如其後董仲舒胡湊的天人感應，是有感於皇帝權力毫無約束。不過桀和紂，何嘗不敬奉鬼神。這毋寧是飲鴆止渴，因為後世的桀紂或者野心家也可以自稱奉天承運、替天行道。問題的根源，是沒有約束絕對權力的制度。

孔子二百年後戰國末的大家荀子又如何？他顯然對形而上學沒有興趣，甚少提及鬼神，只有〈禮論〉末結説到祭祀，是表達「尊尊親親之義」、「志意思慕之情」，云：「其在君子，以為人道也；其在百姓，以為鬼事也。」他顯然不信鬼神，這和他不以為天有意志，態度是一致的。天地為物質的存在，不辨物，也不能治人，禍福都是人為，與天無關，這觀念源自老莊。老子云：「天地不仁，以萬物為芻狗。」不仁，不是不仁慈，而是不關心，indifferent, not thinking about。

4

倘再推後，孔子數百年後，社會信仰如何？從近數十年竹簡的出土，足可提供答案：對鬼神，到了秦漢，還是深信不疑。我曾在《李斯文章》一書闡述。出土的秦簡，例如睡虎地11號墓秦簡、龍崗秦墓簡牘、岳山秦墓木牘，放馬灘秦墓簡牘，則隨葬之物都見《日書》，或者只見《日書》，《日書》就像今人的通書（勝），記時日吉凶宜忌、相宅、禳夢、辟邪避鬼，其中睡虎地《日書》的〈詰〉，通篇鬼話，鬼原來五花八門，比今人的喪屍影片創意多許多，於是祀鬼制鬼成為要務，避之制之則吉。竹簡傳抄豈易，並且大都是從事司法的官吏，珍而重之，弔詭的是，竟隨成鬼者入土。這反映迷惑之深。

1986年甘肅省天水放馬灘的秦墓竹簡，其中一組記載一個名「丹」的人自殺死了，三年後竟然復生的經歷。李學勤視之為後世六朝志怪小說的濫觴（《放馬灘簡中的志怪故事》），其後整理者題為《志怪故事》，新出的《秦簡牘合集》重新訂名為《丹》，畢竟志怪已成一專有文學類型。這故事在敘事上一分為二，簡直就是今天的後現代魔幻小說：前幅敘述丹從死到生的經過，後幅轉為丹的自述。話說秦王政八年，大梁王里一個叫丹的人，因在垣雍刺傷人，畏罪自殺；棄市三天後，埋在垣雍南門外。過了三年，邽丞屬下一個舍人犀武向地府的司命史公孫強禱告（司命史乃掌管人壽的神靈），認為丹不該死，公孫強便把丹從墓中挖出，丹在墓上站立三天後，公孫強把他帶到趙國的北地郡。又過了四年，丹復活了，開始吃飯，但面容樣子像縊死人（喪屍！），四肢不能轉動（不用），向人講述鬼的宜忌愛憎，人們祭祀時種種要注意的事項，如不要嘔吐（嗀），不可把羹湯澆在祭飯上，等等，荒誕離奇，引錄如下：

> 八年八月己巳，邸丞赤敢謁御史：大梁人王里□徒曰丹，□今七年，丹朿（刺）傷人垣雍里中，因自刺殹，□之于市，三日，葬之垣雍南門外。三年，丹而復生。丹所以得復生者，吾犀武舍人。犀武論其舍人尚命者，以丹未當死，因告司命史公孫強，因令白狐穴屈（掘）出，丹立墓上三日，因與司命史公孫強北之趙氏之北地柏丘之上。盈四年，乃聞犬狐雞鳴而人食。其狀類

益、少麋（眉）、墨、四支（肢）不用。丹言曰：「死者不欲多衣。死人以白茅為富（福），其鬼賤（薦）於它而富（福）」。丹言：「祠墓者毋敢殼（吐），殼，鬼去敬（驚）走。已，收腏（餟）而釐之，如此鬼終身不食殹（也）。」丹言：「祠者必謹騷（掃）除，毋以淘□祠所。毋以羹沃腏（餟）上，鬼弗食殹（也）。」

北大秦牘《泰原有死者》內容也相近，話說泰原這地方有一位死者，死了三年復生，又說了一番祭祀時應該怎樣做的話，還說到冥婚的問題，兩篇都可收入《聊齋誌異》中。仍以《丹》較多細節，有丹的身份、死因；復生的因由、過程，還出現陰曹的名字。今人發現這些竹簡，可作研究秦人對術數之用。出諸官吏的記載，容或另有用心，不過秦人並不以為是學術，他們是當真的，更不以為是虛構。

到了東漢，「日禁之書」盛行，書中明定喪葬祭祀必須避凶，連日常生活諸如洗頭、裁衣、蓋屋、習字等等都不能犯忌。王充看不過眼，作《論衡·譏日》云：

周文之世，法度備具，孔子意密，《春秋》義纖，如廢吉得凶，妄舉觸禍，宜有微文小義，貶譏之辭。今不見其義，無葬曆法也。

意思是：周文王的時代，各種制度都具備了，孔子的制定意思慎密，《春秋》的義理很細緻，如果魯國人由於廢棄吉日而遇到凶禍，胡亂做事而遭受災禍，那麼《春秋》上應當有含蓄的批評和輕視的議論，以及貶斥譏諷的言辭。如今看不到這些內容，可見並沒有葬曆上的那套規定。

易言之，王充一如墨子，認為孔子的《春秋》不載鬼神的吉凶，是因為根本不信，不過一個肯定，另一個則否定。時至今日，孔子之後二千五百年，年頭書榜上最暢銷的，仍是「通勝」，且得各大傳媒推波助瀾。倘無鬼神論者，或唯西方科學發展是瞻的人，以為孔子落後，沒有否定的勇氣，是對歷史條件、社會現實的無知。

孔子與女子

1

孔子是厭女、仇女，以至是今人所謂「仇女主義者」（misogynist）?《論語》裏有一句:「唯女子與小人為難養也。」（〈陽貨〉17.25）這麼一句，把女人和小人並列，歸於「難養」，倘在當代，真夠令一個有點名望的男士聲名狼藉的。

無需為尊者諱。孔子生活在二千五百年前的中國，即在當年華夏圈外，對女性的歧視只有更糟，柏拉圖、亞里士多德是典型。亞氏以為女人主理家務，「她應該在所有事情上服從自己的丈夫」（《亞里士多德全集．家政學》第三卷）。在《動物的起源》中更認為「女性是未完成的男性」。古希臘之後，名流盧梭、叔本華、尼采等，都相當「厭女」。尼采粗暴地向男士提示:「到女人那裏去嗎？別忘了帶上鞭子！」（《查拉圖斯特拉如是說》）當然有人會替尼采辯解。「仇女」，曾是流行疾病，可沒有甚麼人認為真的是病。吾國一向有「紅顏禍水」之說，名單甚長，西方最著名的紅顏是特洛伊的海倫，天才詩人馬羅問:

Was this the face that launch'd a thousand ships,
And burnt the topless towers of Ilium?
是這張臉曾令千艦齊來，
焚毀伊利安高聳的塔樓？

文藝復興時期的政治學大師馬基雅維利有一本書：《論李維》（*Discourses on Livy*），分析羅馬共和政體，在第三冊第二十六章，說到女性對政制的「貢獻」極大，題目點明：「國家如何因女性而敗亡」（How a State is ruined because of women）。宗教方面不必多說，更不必提當今的塔利班。

香港算是相當尊重女性，不少女性居於領導地位，但風光的背後，許多工種，仍然男女同工不同酬。據港府統計處最近發表的《綜合住戶統計調查按季統計報告》（2024 年第一季），統計了不同界別的收入，中位數差額竟達七千港幣。

上述這些，是想勿對孔子之說大驚小怪。而且，孔子之言，肯定並非泛指，不是對女性一概而論。下文再解釋。《論語》裏還有一句，見於〈泰伯〉8.20，孔子稱頌舜帝、周武王，這兩君都有賢臣輔政，這一節先引武王的話，說自己有賢臣十人：「予有亂臣十人。」亂臣，不是指作亂之臣，而是說治臣。孔子這樣回應：

> **孔子曰：「才難，不其然乎！唐虞之際，於斯為盛。有婦人焉，九人而已。」**

他說人才難得，不是嗎？唐堯和虞舜之際，以及周初武王那個時候，人才興盛。然後忽爾來了這麼一句：「有婦人焉，九人而已。」這話很奇怪，好像是所謂十賢實為九賢而已，因為其中有一婦人，應該不算。要是這樣理解，那麼孔子是把婦人排出了賢人、才人之列。不過倘把「九人而已」四字刪去，卻是對婦人的稱讚。本意是說人才的難得，九賢還要加上一個婦人，才湊足十位，說是才難，卻予人「女子難得成為人才」之嫌。抄一些語譯如下：

楊伯峻：「然而武王的十位人才之中還有一位婦女，實際上只是九位罷了。」

錢穆：「唐虞之際下及周初算是盛了，但其中還有一婦人，則只九人而已。」

李澤厚：「十人之中，還有婦女，所以只算九人。」

老實說，也拿不準孔子這話的意思。而且，通篇〈泰伯〉，俱稱「子曰」，單獨這一句，逕稱「孔子曰」，大有可能是後人添加。

武王的九賢，朱熹引漢馬融的說法，指出是周公旦、召公奭、太公望、華公、榮公、太顛、閎夭、散宜生、南宮適，另一位遺珠的「婦人」，朱熹以為是邑姜。《左傳．昭公元年》說她是武王的王后，周成王、唐叔虞的母親。這樣的身份，好像她不是她自己。山西太原的晉祠，即供奉邑姜和唐叔虞母子。不過，那位專跟朱熹抬槓的清人毛奇齡，指出「婦人」，照魯壁所出的《古論語》，應為「殷人」之誤，上述九人都屬周室，只有這個殷人倒戈來投。毛氏再引韓愈坐實為商賢臣膠鬲云云（《四書改錯．故事錯》）。

就當是邑姜吧，周武王是個成功的男人，他有九賢治外，有賢內助治內。男主外女主內，一如亞里士多德所說的，但主次之分，是注定的嗎？人類之初的母系社會，是母同主內外。我到過安陽殷墟的婦好墓，走進墓地，渺無其他人，墓地出土不少甲骨文，據專家解讀，發覺她不單主持祭祠大典，是宗教領袖，更是軍隊主帥，曾帶兵一萬三千多人出外打仗，那是殷商的一半軍力，可見深得武丁信任，立下赫赫戰功。舊時典籍記商朝武丁時代的賢臣，總是甘盤和傅說，不知還有婦好一人。

別怪孔子也不知道。

2

不過眾所周知，《論語》所載孔子的話語並沒有上文下理的語境，編排並非編年順序。「唯女子與小人」之句，下文是「近之則不遜，遠之則怨」。這兩種人，親近了，則孰不講禮；疏遠了，就會埋怨。孔子是甚麼時候說的，何以這樣說，並無確證，只能推敲，我們其實不知道。朱熹解「小人」為「僕隸下人」，「女子」為「臣妾」；明人林希元謂「女子，婢妾也」。康有為不乏奇怪的創意，把女子改為「豎子」，解釋云「女子本義作豎子」。這個「養」，大多不指供養犬馬的養，而解作「待」。

孔子和女子的瓜葛，《論語》所見，有兩事：其一，因齊人送女樂給魯，季氏收了，耽於玩樂，疏於政務，孔子見已無可為，於是離開祖國，開始十四年的流亡。當時是魯定公十二年（公元前 498 年），見〈微子〉18.4：

> 齊人歸女樂，季桓子受之，三日不朝，孔子行。

孔子之去，是當時在魯做司寇，頗有政績，齊與魯相鄰，恐怕魯真的讓孔子當政，強大起來，一定稱霸，齊就危了。原先想割一些地給魯，搞好關係。但大夫黎鉏提議，先搞破壞，破壞不成才送地吧。於是送了八十個能歌擅舞的美女給魯，還有駿馬三十匹（魯定公也是馬迷）。當權的季桓子收了，三日不聽政。事見《史記．孔子世家》。史遷不免加鹽加醋，加上見祭天的祭肉沒有按禮分送給大夫。

其二，是南子事件。

孔子去國，其中一站是衛國。南子是衛靈公夫人，既把持朝政，又傳與他人有染，名聲很不好。《左傳．定公十四年》記載，大子蒯聵聽到野外之人傳歌，稱她為「婁豬」（母豬），甚覺受辱，想謀害她，但事敗，只好出奔。衛靈公死後，南子立蒯聵之子，是為衛出公。後來蒯聵發動兵變，自立為衛後莊公（以別於前莊公），殺南子。

《史記》寫孔子與南子會面很仔細：孔子當時寄住蘧伯玉家。南子使人召見孔子，云：四方君子與國君稱兄道弟的，一定來見我們的夫人。孔子辭謝不得，只好去見。南子坐在紗幕後面，孔子入門，向北面叩頭。夫人自帷中再拜，她的各種佩戴環叮噹有聲。再沒有下文。

孔子見南子，子路不滿。孔子表示這是為了禮貌的答謝，發誓表示自己清白。一月後，衛靈公與南子同車，有宦官同車侍候，招搖過市，反而使孔子坐在後面的車子。孔子感到屈辱，說：「吾未見好德如好色者也。」於是離衛。

相關事件，《論語．雍也》6.28 只有簡約記述：

> 子見南子，子路不說。夫子矢之曰：「予所否者，天厭之！天厭之！」

至於「好色者」一句，在《論語．子罕》9.18、《論語．衛靈公》15.13 裏重出，其實並未明確指的是誰；在《史記》裏，指的卻是衛靈公，不是南子。我們看兩子之會，——對不起，我們只能看到《史記》的記載，再無其他了。止此事件，兩子並未逾禮。漢代《鹽鐵論》裏有「德之賊」的御史大夫吱喳大叫，甚麼「男女不交，孔子見南子，非禮也」。即使南子有「淫行」（朱熹語），問題不是見，而是怎麼見。不見，那反而是抱了成見的非禮，是「厭女」的歧視。

不過孔子之見南子，是通過一個同樣名聲不好的人物，由此君引見。那是彌子瑕，衛靈公的男寵。「斷袖分桃」的典故，說的就是這兩君。到了年老，不再小鮮肉，靈公愛弛，罷免了他，於是又有「餘桃之罪」的成語。《呂氏春秋．貴因》云：「孔子道彌子瑕見釐夫人。」《鹽鐵論．論儒》也云：「孔子適衛，因嬖臣彌子瑕以見衛夫人，子路不說。」

孔子所謂「女子與小人」，此中或有他所指的人物。或有，是不能確定。這是我不知道的《論語》之一，只能闕如。但我肯定的是，孔子並不仇厭所有女子。後世對女子種種不公、歧視、壓抑，諸如納妾、殺女嬰、童養媳、纏足，等等，的確惡名昭著，儒家學者難辭其咎。但孔子並非元凶。不過西方的論述，以至五四後中國的知識份子，往往把儒學定性為父權意識，視之為中國女性受壓迫的根源，1974 年法國著名學者茱麗姬．克麗斯蒂娃（Julia Kristeva）訪華後出版《中國女性》一書，就把其中一個章節名為〈孔子——女性的吞噬者〉（見羅莎莉：《儒學與女性》，Rosenlee Li-Hsiang Lisa: *Confucianism and Women*）。

3

《論語》中孔子把女兒嫁給一個囚犯公冶長，因為非其罪（〈公冶長〉5.1），又為兄長的女兒主婚，嫁給南宮适，因為政治清明，他會做官；黑暗，會避免刑戮（〈公冶長〉5.2）。這是他的眼光、分寸。把女兒和侄女換過來，就不好了，難以向兄長孟皮解釋。此外，孔子好像跟女性無甚緣分，他不可能有女學生。而世傳他出妻（休妻），兒子以至孫兒子思，都出了。三世出妻，這其實是一筆胡塗帳，事見《禮記·檀弓上》：

> 子上之母死而不喪。門人問諸子思曰：「昔者子之先君子喪出母乎？」
>
> 曰：「然。」
>
> 「子之不使白也喪之，何也？」
>
> 子思曰：「昔者吾先君子無所失道；道隆則從而隆，道污則從而污。伋則安能？為伋也妻者，是為白也母；不為伋也妻者，是不為白也母。」
>
> 故孔氏之不喪出母，自子思始也。

孔子四代，兒子孔鯉（伯魚），孫孔伋（子思），曾孫孔白（子上）。子上之母，即子思之妻。「先君子」，指孔子。這段指出子上的母親去世後，沒有舉行喪禮。門人問子思，何以不使兒子為「出母」辦喪禮。他說只有先君子才做得合情合理。我怎及得上祖父呢。「不為伋也妻者，是不為白也母。」答得婉轉，不為，即不再作為；已休，又已改嫁，孔伋當然不再視之為妻；孔白也不視之為母，換言之，親情已絕，不需守喪。

問題關鍵在，此中「出母」一詞，究竟是指已休出之母，還是，像近人楊朝明考訂所云：「出母」不等同「出妻」，也不同於「庶母」，而是指「生母」。楊氏並引錢泳《履園叢話》：「出之為言生也，謂生母也。」又説因誤解出母為出妻，一子錯，從而推溯前代出妻，於是坐實孔子三代都休妻（《齊魯學刊》2009 年第 2 期）。《禮記．檀弓上》另一段云：

> 伯魚之母死，期而猶哭。夫子聞之曰：「誰與哭者？」門人曰：「鯉也。」夫子曰：「嘻！其甚也。」伯魚聞之，遂除之。

唐代的孔穎達云：「時伯魚母出，父在，為出母亦應十三月祥，十五月禫。言期而猶哭，則是祥後禫前。祥外無哭，於時伯魚在外哭，故夫子怪之，恨其甚也。」（《禮記正義》）我們對古人守喪的規矩無疑覺得繁瑣可厭，可總得理解一下。「期」是指喪服一年的時間。又有「祥」和「禫」之別。子女守喪，第一年稱「小祥」，第二年「大祥」；「大祥」之後隔一個月為「禫」。禫指守喪期滿，除去孝服，恢復日常。孔穎達從伯魚為母親只服喪一年，仍然在哭喪，就被孔子斥責，從而推論此母已「出」。孔子休妻之説，即始自孔子這位第三十二世孫孔穎達。不過根據《儀禮．喪服》，母親過世，父親猶在，守一年期就夠了。夫子之妻伯魚之母丌官氏（丌音姬），是第一個葬於孔林，墓址還是夫子選的。倘是已休之妻，斷無再葬孔林之理。

孔門果真三代出妻，那個時代也屬見怪不怪，因為出妻之條有七，隨時隨地可以把妻休了，見《大戴禮．本命》：

婦有七去：不順父母去，無子去，淫去，妒去，有惡疾去，多言去，竊盜去。不順父母去，為其逆德也；無子，為其絕世也；淫，為其亂族也；妒，為其亂家也；有惡疾，為其不可與共粢盛也；口多言，為其離親也；盜竊，為其反義也。

婦有七去，卻不見夫有七出。這是另一種同工不同酬。孔子出妻之說，並沒有說明理由，純從一個字詞着眼。後來子思的門人孟軻，見妻子在房中伸開兩腿踞坐，坐相不好，也要把她休了，卻被孟母訓止（見《列女傳》及《韓詩外傳》）。

4

孔子不是仇厭所有女子，雖然他離家十四年，沒有另娶，戰國後的對手也不傳他另有小三，只傳與南子的緋聞。離家時已五十五歲，也許不便帶着老妻，要是的確索性把她休了，並非不可理解。我說「也許」罷了，這豈是休妻的道理。回家前，老妻已先走了。他肯定並不仇女，首先，佛洛伊德之徒倒會猜想：他剛離開口腔期，即三歲喪父已然，自小和單親媽媽一起，不可能說母親顏徵在近之遜遠之怨的「難養」；媽媽含辛茹苦，逃避閒言惡語，從陬邑避地到曲阜，他充其量戀母，甚或戀父。

其次，他在《論語》提及《詩經》的〈周南〉、〈召南〉，對兒子伯魚說：要是不讀〈周南〉、〈召南〉，就好像面壁而立（〈陽貨〉17.10）。面壁，即寸步難行。兩南不乏稱讚女子勞苦工作，申訴她們遭不公平對待之作。有興趣的男士，自己翻看。當然，也仍然有指控婦人之作，《詩經．大雅．瞻卬》：

> 哲夫成城，哲婦傾城。懿厥哲婦，為梟為鴟。

同樣的「哲」，有才能，卻一成城，一傾城。懿，同噫，感歎詞；厥，指「那個」。翻成白話：有才男子可以稱霸，有才女子卻會亡國。可歎那個狡猾婦人，如梟如鴟。

這是諷刺周幽王寵信褒姒，有所實指，痛批女子干政，但禍首是幽王的荒淫無道。然則，《詩經》三百，豈因此成為仇女詩集？

曲阜市文物館珍藏了兩樽楷木雕，那是孔子和妻子亓官氏，全身，孔子像高 37.2 厘米，大頭闊臉，肅穆。夫人還要稍高，41.2 厘米，兩人俱雙手合抱。作者一說是孔伋，另一說是子貢。無論如何，先秦人並沒有把他們分開。

他也有稱讚女子的時候。在《國語．魯語》，以及《禮記．檀弓下》，他盛讚一位女子，她的名字是敬姜。《孔子家語．曲禮子夏問》記得最詳細：

> 公父文伯卒，其妻妾皆行哭失聲。敬姜戒之曰：「吾聞好外者，士死之；好內者，女死之。今吾子早夭，吾惡其以好內聞也。二三婦人之欲供先祀者，請無瘠色，無揮涕，無拊膺，無哀容，無加服，有降服，從禮而靜，是昭吾子也。」孔

子聞之，曰：「女智無若婦，男智莫若夫。公文氏之婦，智矣。剖情損禮，欲以明其子為令德也。」

敬姜的兒子死了，兒子的大小老婆一路啼哭失聲。母親敬姜對她們告誡一番：在外邊喜歡結交朋友的，士人願意為他死；貪圖女色的，婦女願意為他死。我可不喜歡他以好色而傳播醜聞。你們願意留下來供奉祖先的話，那麼就請遵行五個「不要」：不要憂傷得憔悴，不要痛哭，不要拍胸，不要哀傷着苦臉，不要延長服喪期，按禮制降一等服喪，依從禮訓安靜，那就是彰顯我的兒子了。

孔子讚她，也讚得特別，讚的可不是未婚或失婚的人：女子的才能沒有比得上已婚的婦女，男子的才能也沒有及得上已做丈夫的。

孔子夫婦木像

孔子與詩（上）

1

這題目是「孔子與詩」，不是「孔子與《詩經》」，孔子與《詩經》的討論、研究，歷來多得不得了，到了今世，由於竹簡的發現，例如《孔子詩論》、《民之父母》等，仍然論之不盡，時有歧見、新見。單是上博竹簡《孔子詩論》，因為出土時散亂破損，且是秦統一文字之前的書寫，到底論詩的人是孔子抑孔子學生卜商（子夏），也有過不同的意見，最後大家都接受，論詩的人是孔子。至於竹簡的排序，更不得了，整理者馬承源是一個排法，李學勤、李零又是另外兩個排法，猶如電影的剪接，不同的剪接，可以剪出不同的電影。不過這種討論很有意思，沒有一個可以說了算。

這方面我只能坐享其成。但孔子與詩，我還沒有讀到，我的問題是：孔子寫詩嗎？多年來我一直想着這問題，不是因為我好歹也是個二千多年後寫詩的後後輩，而是想到他是最早的詩集整理者，調正了〈雅〉、〈頌〉的音樂，他自稱從衛返回魯，「然後樂正，〈雅〉、〈頌〉各得其所」(〈子罕〉9.15)。老人家說來有點沾沾自喜，少有地感覺良好。

那時代的詩，都合樂，甚至以樂為主，是名實相副的詩歌。今人動輒也稱新詩或者現代詩為詩歌，其實並不恰當：一來，有詩而無歌；二來，除非後來配樂，配了，也是以歌為主，詩只是修飾歌。孔子時代，以至整個漢語詩史，唐詩不少合樂，宋詞元曲，更必須合樂。過去那許多年的詩有一個很好的名字：「歌詩」。直到胡適的嘗試，才與歌離分。

更主要的，我讀《論語》，深覺這位哲人，其精神氣質，毋寧是一位詩人，深情、感性，他是在語言裏詩意地棲居，而絕非一味仁義道德的理性。這感性的一面，才可見他不是可厭而至可怕的老頭。這麼一個人，一生與詩為伍，在二次創作《春秋》之前，我想，不可能不寫詩。晚年整理《詩經》，竟日與詩為伴。

孔子時代的《詩》，還沒成「經」，到了西漢，《詩》才正式尊為《詩經》。同為戰國中後期的郭店竹簡《六德》，講六德（聖、智、仁、義、忠、信），與六位（父、夫、子、君、臣、婦）對應，六者需各行其職，再而指出要觀諸詩、書、禮、樂、易、春秋。這六物雖無經之名，卻已成形，並有權威之實。其中提到「為父絕君，不為君絕父」，誠為思孟學派的信念。當然，《詩》的經典化，仍需經過儒家多年的構建、營造，不斷徵引、解釋、傳承，而推動最力，影響也最大的，當然是祖師孔子。

孔子以詩作為教科書，要後生小子學習，認為整個成人教育，由《詩》開始：「興於詩，立於禮，成於樂。」（〈泰伯〉8.8）在《論語》中，他談到詩的地方很多，最著名的是指出詩的各種功能：「小子！何莫學夫詩？詩，可以興，可以觀，可以群，可以怨。邇之事父，遠之事君；多識於鳥獸草木之名。」（〈陽貨〉17.9）這個詩，可以是泛稱，也可以是專指。學詩，既可抒發情志，興觀群怨，更通達政事：「誦詩三百，授之以政，不達；使於四方，不能專對，雖多，亦奚以為？」

（〈子路〉13.5）這所以，孔子對兒子孔鯉說：「不學詩，無以言。」（〈季氏〉16.13）無以言，是指大如外交場合，小如社交活動，都不會應對。倘加上《左傳》、《孔子家語》，那麼他談詩、評詩、引詩、以詩解詩，在先秦人物裏，比其他各家都多。

其他人談詩引詩，不見得出於善意。墨子引詩十一次，說詩四次（鄭傑文《墨家的傳〈詩〉版本與〈詩〉學觀念》），是較多的了，但大罵孔某「大姦」、「賊天下人」、「不義」，「弦歌鼓舞以聚徒」（《墨子・非儒》）。他說，倘以為孔子可以做天子，那等於點算別人的契刻，就當是可以成為富人：

> 今子曰「孔子博於《詩》、《書》，察於禮樂，詳於萬物」，而曰「可以為天子」，是數人之齒，而以為富。（《墨子・公孟》）

「齒」，是指像牙齒的契刻。他又把詩三百分拆為誦弦歌舞四次，予人假象是一百二十次之多，斥責孔子主張厚葬之久：

> 喪禮，君與父母、妻、後子死，三年喪服；伯父、叔父、兄弟期；族人五月；姑、姊、舅、甥皆有數月之喪。或以不喪之間，誦《詩》三百，弦《詩》三百，歌《詩》三百，舞《詩》三百。若用子（公孟）之言，則君子何日以聽治？庶人何日以從事？

荀子是孔子之徒，引《詩》多達八十次，旨在佐證自己的論說，到頭來卻為了「隆禮義」而主張「殺《詩》《書》」，下開了法家焚《詩》《書》的做法。法家大家商鞅教秦孝公「燔《詩》《書》而明法令」(《韓非子．和氏》)，以為《詩》是六大害蟲之一，一如柏拉圖那樣，要逐出他的理想國。中西這兩位「英雄」，生於同一時期，所見居然略同。不過論批評用詞尖刻，且恰如粵語所云「抵死」(這是粵俗的妙語，意近該死)，還是《莊子．外物》「儒以《詩》《禮》發冢」。發冢，即盜墓，儒家是盜墓賊。只是〈外物〉多不以為是莊子之作。

2

孔子出生時，《詩》已面世近一百七十年，從此不死，並且一直為崇。何以見得？因為在《左傳》中所見，權貴們在典禮、宴飲、交際時，經常引《詩》，即使未必有相同的理解。至於如何運用，只有儒者堅持仍需合乎禮制，不能亂用。司馬遷說孔子刪詩，從三千刪減為三百，令人難以置信，因逸詩畢竟不多，《左傳》中所記有詩題或只有詩句，不過十五例。但孔子自己說校正〈雅〉、〈頌〉的樂譜，樂不正，則不能去到該去的地方。他指的是〈雅〉、〈頌〉，都是權貴士大夫之作，着眼就是政治教化。

孔子沒提〈風〉。《論語．衛靈公》15.11 載：

> 顏淵問為邦。子曰：「行夏之時，乘殷之輅，服周之冕，樂則《韶》、《舞》，放鄭聲，遠佞人。

鄭聲淫，佞人殆。」

《論語．陽貨》17.18 又說：

子曰：「惡紫之奪朱也，惡鄭聲之亂雅樂也，惡利口之覆邦家者也。」

孔子厭惡「鄭聲」，要對付佞人那樣，把它「遠放」。但這鄭聲是順韶舞之樂而說的，是指鄭地流行的音樂，與國風中的鄭詩顯然有別。《禮記．樂記》中子夏說：「鄭音，好濫淫志。……是以祭祀弗用也。」淫是過濫之謂，孔子認為會擾亂中正平和的雅樂。他既然曾整理《詩》的樂譜，可並沒有把鄭詩「放」了。祭祀不用，其他時候則可用？《詩經》中今存鄭風有二十一首，且大多是非常好的情詩，如〈子衿〉、〈將仲子〉等。這也證明孔子說的是激動人心的鄭聲。之前吳國公子季札聽過鄭聲，說「美哉」，但認為是亡國之音，我想，愛得瘋狂以至於國亡家破，所謂「紅顏禍水」，臉美如希臘神話裏的海倫，令敵國「千艦齊來」，例子畢竟不多。

朱熹說：「凡詩之所謂〈風〉者，多出於里巷歌謠之作，所謂男女相與詠歌，各言其情者也。」（《詩集傳．序》），此說南宋以後，奉為確論，胡適等人都接受了。顧頡剛接受之餘，另外提出歌謠無取乎往復重沓，而《詩經》中的〈風〉詩，因奏樂的關係，往往反復重沓好幾遍，於是「可以假定其中的一章是原來的歌謠，其他數章是樂師申述的樂章」（《從〈詩經〉中整理出歌謠的意見》）。其實往復重沓，正是歌謠的特色，古今中外莫不如此。

從〈風〉詩的內容看，確合乎朱子所言，但從形式看，則是另一回事。楊牧（王靖獻）早年的博士論文《鐘與鼓》（*The Bell and the Drum: Shih Ching as Formulaic Poetry in an Oral Tradition*）將套語理論引入《詩經》研究（其中對「興」的性質尤多創見），以至措辭（雅言）、用韻、語助詞、代詞、稱謂、衣飾等等檢視，明顯不止是樂師擴充庶人的民歌。從黃河流域，到江漢流域，各地的〈風〉詩（試想想，方言與習俗之異），竟並無不同。近人朱東潤、屈萬里等人已表示懷疑，指出〈風〉詩根本也是貴族士大夫之作。

孔子綜論《詩》三百篇，一言蔽之，云「思無邪」（〈為政〉2.2），楊伯峻譯為「思想純正」。從政教的角度講，那就是「政治正確」。當代詩經學把《詩》還原為文學作品，「還原」云，先秦人自有文學藝術的感性，可是學詩用詩，主要還是當政教的工具。不過孔子還不至於那麼狹隘。反而程伊川的解釋穩妥得多：「思無邪者，誠也。」誠，正是《中庸》的關鍵詞。《論語》中，孔子也曾引逸詩：

> 「唐棣之華，偏其反而。豈不爾思？室是遠而。」子曰：「未之思也，夫何遠之有？」（〈子罕〉9.31）

「偏」通「翩」，「華」即花，「反」，與翻同，指花搖動的樣子，「而」，語助詞。末兩句云：不是不想念你，但居室太遠了。

詩人借花傳情，卻借口住得太遠，可孔子一語揭破他邪而不誠。無論求的是賢人、是情人，都不能弄虛作假，都不能不誠。所謂「修辭立其誠」，這合乎「思無邪」之旨。

3

先秦人用詩，用法有三：賦詩、歌詩、引詩。三者有別。

賦詩，是指在外交活動、享宴時，諸侯士大夫借詩為言辭，以表達自己的想法。班固云「不歌而誦謂之賦」(《漢書·藝文志》)，選了詩句，可由樂工朗誦，但不需樂伴。「賦」這動詞既指吟詠，也可指寫作，例如司馬遷「屈原放逐，乃賦離騷」(〈報任少卿書〉)、蘇軾形容曹操「橫槊賦詩，固一世之雄」(〈赤壁賦〉)。然則今人的詩會，寫詩的人朗誦詩作，可稱為「賦詩」。歌詩，則肯定要樂工奏樂唱出。

至於引詩，陳來引楊向時在《〈左傳〉賦詩引詩考》的分析，有六類：

一、斷章取義；

二、摭句證言；

三、先引以發其下；

四、後引以承其上；

五、意解以申其意；

六、合引以貫其義。

《左傳》賦詩引詩，有學者統計，凡二百五十六條。陳來在《古代思想文化的世界》的注釋引張素卿云：「時人引詩，始自桓公六年。」不過翻開《左傳》，啟首隱公元年，即有《詩經》名句「孝子不匱，永錫爾類」(《大雅．既醉》)。

這些，都是先秦時代貴族權貴明玩的遊戲、暗中的過招，不懂政治的庶民確乎「無以言」。還是那位再三讓國的吳國公子季札灑脱，也深明亂世的政治恐怖。公元前544年，季札應聘訪魯，那是還能保持周初禮樂之地。魯的接待極盛情，樂工為他演奏，他大概是第一個也是唯一的一個可以在魯地聽了一場歌詩舞的全宴。那時，根據司馬遷的〈孔子世家〉，我們的孔丘才七歲。他後來在齊，聽了《韶》樂，已經樂極而「三月不知肉味」(〈述而〉7.14)。二千五百多年後，我在齊故地，只靜悄悄地找到一塊石碑：「孔子聞韶處」。

季札呢，飽嚐了一席《詩經》。學者的注意力大多集中在演奏曲目的次序，認為符合通行的《毛詩》，於是看到這時候的《詩》確已成形云云。我則想到這位掛劍送亡友、隱世躬耕的貴公子，真太有意思，那是一場絕後的音樂會，絕對不是偏聽的政客能有的耳福。我把《左傳．襄公二十九年》全文引出，以目代耳，加一點想像，庶幾聊慰失聽之情：

吳公子札來聘……請觀於周樂。(穆子) 使工為之歌〈周南〉、〈召南〉，曰：「美哉！始基之矣，猶未也，然勤而不怨矣。」

為之歌〈邶〉、〈鄘〉、〈衛〉，曰：「美哉淵乎！憂而不困者也。吾聞衛康叔、武公之德如是，是其〈衛風〉乎！」

為之歌〈王〉，曰：「美哉！思而不懼，其周之東乎！」

為之歌〈鄭〉，曰：「美哉！其細已甚，民弗堪也。是其先亡乎！」

為之歌〈齊〉，曰：「美哉！泱泱乎！大風也哉！表東海者，其大公乎！國未可量也。」

為之歌〈豳〉，曰：「美哉！蕩乎！樂而不淫，其周公之東乎？」

為之歌〈秦〉，曰：「此之謂夏聲。夫能夏則大，大之至也，其周之舊乎！」

為之歌〈魏〉，曰：「美哉！渢渢乎！大而婉，險而易行，以德輔此，則明主也。」

為之歌〈唐〉，曰：「思深哉！其有陶唐氏之遺民乎？不然，何其憂之遠也？非令德之後，誰能若是？」

為之歌〈陳〉，曰：「國無主，其能久乎！自鄶以下無譏焉。」

為之歌〈小雅〉，曰：「美哉！思而不貳，怨而不言，其周德之衰乎？猶有先王之遺民焉。」

為之歌〈大雅〉，曰：「廣哉！熙熙乎！曲而有直體，其文王之德乎！」

為之歌〈頌〉，曰：「至矣哉！直而不倨，曲而不屈，邇而不偪，遠而不攜，遷而不淫，復而不厭，哀而不愁，樂而不荒，用而不匱，廣而不宣，施而不費，取而不貪，處而不底，行而不流。五聲和，八風平；節有度，守有序，盛德之所同也。」

見舞〈象箾〉、〈南籥〉者，曰：「美哉！猶有憾。」

見舞〈大武〉者，曰：「美哉！周之盛也，其若此乎！」

見舞〈韶濩〉者，曰：「聖人之弘也，而猶有慚德，聖人之難也。」

見舞〈大夏〉者，曰：「美哉！勤而不德，非禹，其誰能修之？」

見舞〈韶箾〉者，曰：「德至矣哉，大矣！如天之無不幬也，如地之無不載也，雖甚盛德，其蔑以加於此矣。觀止矣，若有他樂，吾不敢請已。」

樂工不是對牛彈琴，明知他是知詩知音的大家，他聽了看了，就馬上做文化的樂評。孔穎達疏云：「歌〈周南〉、〈召南〉之詩，而以樂音為之節也。」（《毛詩正義》）而評語可不是一味頌讚，也點出不足、缺憾。他聽過鄭聲，說「美哉」。這場音樂會一定很悠長，奏的唱的舞的一定很累，欣賞者凝神觀賞，不停喝彩，何嘗不累？因此說，夠了好了，再有，也不敢不請停止了。

如果孔子寫詩，會是怎麼個樣子？

孔子與詩（下）

1

孔子寫過詩，我是不會懷疑的，只不過他沒有留下手稿，又趕不及用電腦，寫了，他的學生、門人也沒有「書諸紳」，或者把一句「述而不作，信而好古」解死了。在《論語》裏，他其實往往出口成詩，可能根本就是詩。例如〈泰伯〉幾句「子曰」，是這樣的：

> **巍巍乎，舜、禹之有天下也，而不與焉。**（8.18）
>
> **大哉堯之為君也！巍巍乎！唯天為大，唯堯則之。蕩蕩乎！民無能名焉。巍巍乎！其有成功也。煥乎！其有文章。**（8.19）

接着孔子指出唐虞人才之盛（8.20），然後（8.21）：

> **禹，吾無間然矣。菲飲食而致孝乎鬼神，惡衣服而致美乎黻冕，卑宮室而盡力乎溝洫。禹，吾無間然矣。**

四個子曰，是對堯舜禹的讚美，崇高啊！偉大啊！不斷喝彩高呼，這是感情激動的表現。可以想像，這會是一直予人不苟言笑印象的老師？而堯舜禹久已不在場。前兩者他頌讚得較抽象，對禹呢，轉而具體得多，好像呼喊了一陣，看見大家都嚇個半死，於是插入一小段敘述，認真起來，然後用了修辭的排比：禹，我對他無可挑剔。他自己粗茶淡飯，祭品卻很豐盛；自己衣服惡劣，祭服卻極華美；自己的宮室卑陋，卻盡力修治水利。禹，我對他無可挑剔。

這，其實是詩，儘管沒有《詩經》時代那種變化多端的押韻。但今人的詩是不需押韻的，《詩經》也有不押韻的詩，例如周頌裏的〈清廟〉、〈昊天有成命〉、〈時邁〉，等等。《論語．泰伯》8.21 收結重複起句一次：禹，我對他無可挑剔。這一句，是陳述之外，情意飽足的讚歎。錢穆第一部正式著作《論語文解》詳析《論語》句法，大分為對句、排句、對格排調之句，然後是散句；其中對排句的變化，分析得最仔細。《論語》中，孔子重複之語甚多，錢大師大抵想當然，不費筆墨於此。不過我以為這是《論語》一大特色，與其他先秦著作有別，重複有時緊接，例如説管仲能九合諸侯，「如其仁，如其仁」(〈憲問〉14.16)；見道終不行，在陳國想到回國，説「歸與！歸與！」(〈公冶長〉5.22)；學生冉伯牛重病，他激動地説「斯人也而有斯疾也，斯人也而有斯疾也」(〈雍也〉6.10)。第一個「也」很重要，是沉吟、低迴一下；後一個「也」，則是不得不認定。「回也非助我者也」，同樣妙在「也」，先低迴，其言似有憾焉，其實是肯定。

同語反覆，有時是隔接，上述頭尾「禹，吾無間然矣」的句式，中間的是具體而精警的闡釋，彷彿三明治裏美味的餡料，沒有這些也是不行的，會變成徒託空言。〈陽貨〉17.19

孔子同樣說：「天何言哉？四時行焉，百物生焉，天何言哉？」四時行、百物生，是天不言之言。這種說話方式，近乎口頭禪，表露孔子獨特的情感個性，肯定不是編撰者或記錄者的藝增，因為實無必要。

後世一位書法大家在曲阜看了孔子墓，高呼：

孔子孔子，大哉孔子！
孔子以前，未有孔子；
孔子以後，更無孔子。
孔子孔子，大哉孔子！

因為高呼前後的是米芾，大家就當是一首頌孔子的詩，隆而重之刻成碑石。孔子自己高呼崇高啊！偉大啊！反而不是詩？

2

《詩經·周南》的〈麟之趾〉，高亨在《詩經今注》中認為可能是孔子的作品。高亨說：「蔡邕《琴操》記載：孔子看見麟，乃歌曰：『唐虞世兮麟鳳遊，今非其時來何求？麟兮麟兮我心憂。……』（《藝文類聚》卷十引）按《琴操》所載，孔子獲麟歌不類春秋時代的詩句，當是後人偽造。不過，我想〈麟之趾〉一詩，可能是孔子的〈獲麟歌〉，孔子把它附在《詩經·周南》之末。孔子的學生沒有把此事記下來。」

〈麟之趾〉是這樣的：

麟之趾，振振公子，于嗟麟兮。

麟之定，振振公姓，于嗟麟兮。

麟之角，振振公族，于嗟麟兮。

「振振」有兩個解釋，過去解作仁厚（鄭玄、朱熹），馬瑞辰認為錯了，應是指眾多，根據是〈周南〉的〈螽斯〉。「于嗟」是感歎詞，卻也有新舊二解，過去是指頌讚，二十世紀後則認為是表達悲傷怨恨，公子之流貴族只會剝削平民，怎會是好東西。前者是讚美，是肯定；後者則是諷刺，是否定。倘屬肯定，對象是壞人，就被認為是阿諛之詞。孔子當然不會奉承季氏，所以不可能是他的作品。那麼一個「于嗟」，把詩旨對分成二。

別小看一個感歎詞。〈召南〉的〈騶虞〉，詩只兩章，收結俱云「于嗟乎騶虞」，騶虞是官名，為貴族管理牲畜山林。「于嗟」同樣表現兩種迥異的感情，一為對這小官的讚美（鄭玄箋：「于嗟者，美之也。」），另一為對他的怨憤（高亨、袁梅），於是對全詩就有不同的理解。

此外，〈秦風〉中的〈權輿〉也只兩章，都以「于嗟乎不承權輿」收結，這一次，則肯定同為悲歎之語，因為詩中云「今也食無餘」、「今也食不飽」。終於輪到貴族自歎日子越來越不好過了。

〈麟之趾〉寫作的時間，至關重要。世傳孔子寫《春秋》，絕筆於獲麟。對孔子來說，瑞獸遭獵殺，不會是值得歌頌的事。但鄭玄箋云：「公子信厚，與禮相應，有似於麟。」朱熹再加解釋：「麟之足不踐生草，不履生蟲。」詩人以麟喻公子，比只吃素的慈母龍還要慈悲，然則這麟並沒有被殺死，或者是在被殺之前。果爾「詩無達詁」。

〈麟之趾〉的形式，那種整齊的反覆迴增（incremental repetition），從「趾」、「定」（指額），到「角」，是從下而上；從「公子」、「公姓」，到「公族」，是從個別到眾數，無疑是《詩經》的作風。至於音韻，趾、子；定、姓；角、族，句句用押之外，收結同為「于嗟麟兮」，則轉成「遙韻」。遙韻者，隔章押韻之謂，「兮」這虛字固然押（一般用韻在虛詞之上一字），「麟」字也押，是謂「富韻」。區區兩章三句，卻是詩韻變化的示範，在《詩經》中也不多見。

高亨以為「可能」是孔子之作，為甚麼不可能？

3

高亨所舉蔡邕的《琴操》，「操」是彈奏之意。蔡邕是東漢末人，孔子寫詩，弟子不記，先秦人不知，何以多年後的人得以譜出？《琴操》除上述〈獲麟歌〉，孔子名下，還另有三首，一為〈將歸操〉，是趙簡子要聘用孔子，孔子履任前，聽到趙殺賢大夫，就不去了，「於是援琴而鼓之云」：

翱翔於衛，復我舊居。
從吾所好，其樂只且。

離了譜，只留文詞，且襲用舊句，真乏善可陳。但這恐怕襲自《孔叢子》，只裁結尾的幾句。其實《琴操．獲麟歌》同樣來自《孔叢子》。

其二是〈猗蘭操〉。孔子自衛反魯，過隱谷，見薌蘭獨茂，與眾草為伍，喟然而歎，「乃止車援琴鼓之云」：

習習谷風，以陰以雨。
之子于歸，遠送於野。
何彼蒼天，不得其所。
逍遙九州，無所定處。
世人暗蔽，不知賢者。
年紀逝邁，一身將老。

稍多幾句，似是外人淺論的多。其三是〈龜山操〉。據說是孔子見魯君不聽朝，而季氏專政，猶龜山蔽魯，「欲誅季氏，而力不能。於是援琴而歌云」：

予欲望魯兮，龜山蔽之。
手無斧柯，奈龜山何？

都不是好作品，姑且存錄而已。由此想到，詩三百，原有合樂譜，如今只賴文詞，成為詩作之母。于嗟乎多麼了不起。離譜自立，是否也是判斷歌詞好壞的方法？

4

司馬遷《孔子世家》記孔子三次作曲，兩次有詩，可信度自非《琴操》可比。一次是季桓子受齊女樂、駿馬，中了齊人離間之計，魯定公三日不上朝，又不按例送祭肉給大夫——這是禮，難道孔子會為吃不到祭肉而吃醋嗎？他知定公不守禮，而自己不受重視，不得不離開，開始十四年異見者的流放。他對送行的人唱歌：

彼婦之口，可以出走。
彼婦之謁，可以死敗。
蓋優哉游哉，維以卒歲。

這詩不責定公、季氏，卻奇怪地指斥婦人搬弄口舌，害人要出走；婦人告狀，令人死敗。然後自解，從此退出官場是非，優游過世。說他致仕，其實不對，他是到外國趕科場。「彼婦」，是實有所指，八十女樂會在君主前中傷他麼？令人想到《論語》中的「唯女子與小人為難養也」（〈陽貨〉17.25），因為都沒有上文下理的語境，很難理解。看來孔子與女子，會是有趣的話題。

第二次，即是蔡邕《琴操．將歸操》的背景，史遷寫他傷趙簡子殺賢大夫，不去晉，退回到陬鄉，「作〈陬操〉以哀之」云，是只作曲，而沒作歌詩？史遷不記，蔡邕記了，所記很糟糕。

第三次，在孔子離世前，先是魯哀公打獵，叔孫氏的車夫捕獵一隻麒麟，然後是子路在衛國死亡，這之前，孔鯉、顏回先後死去，他因歎，歌曰：

泰山壞乎！梁柱摧乎！哲人萎乎！

這和《禮記．檀弓》所載稍異：「泰山其頹乎，梁木其壞乎，哲人其萎乎。」或者是史遷材料的來源。孔子自知不久人世，還對子貢說：你怎麼來得這麼遲呢。〈檀弓〉記孔子囑咐自己身後靈柩應該放置的地方：

「夏后氏殯於東階之上，則猶在阼也；殷人殯於兩楹之間，則與賓主夾之也；周人殯於西階之上，則猶賓之也。而丘也殷人也。予疇昔之夜，夢坐奠於兩楹之間。夫明王不興，而天下其孰能宗予？予殆將死也。」蓋寢疾七日而沒。

史遷文字簡潔得多，或可證是據此刪削，但詩少一虛字，不一定就好：

（孔子）謂子貢曰：「天下無道久矣，莫能宗予。夏人殯於東階，周人於西階，殷人兩柱間。昨暮予夢坐奠兩柱之間，予始殷人也。」後七日卒。

5

《孔叢子》記孔子後人的言行，作者眾說紛紜，肯定的是不出於一人之手。李學勤認為《孔子家語》和《孔叢子》兩書是漢魏間孔學的重要文獻，從孔子世家的角度看，後者尤在前者之上。當然也不可以是全偽視之。其中記了孔子作詩四首，前述〈獲麟歌〉是最後一首。

第一首即孔子辭趙簡子事，單名〈操〉，詩完整得多：

周道衰微，禮樂凌遲。
文武既墜，吾將焉師？
周遊天下，靡邦可依。
鳳鳥不識，珍寶梟鴟。
眷然顧之，慘焉心悲。
巾車命駕，將適唐都。
黃河洋洋，悠悠之魚。
臨津不濟，還轅息鄹。
傷予道窮，哀彼無辜。
翱翔于衛，復我舊廬。
從吾所好，其樂只且。

敘明前因後果，兼且押韻，置之漢魏，去它應去的地方，並不失禮。

第二首緊接是魯哀公迎孔子歸國，卻並沒有加以重用。孔子於是作〈丘陵之歌〉：

登彼丘陵，峛崺其阪。
仁道在邇，求之若遠。
遂迷不復，自嬰屯蹇。
喟然回慮，題彼泰山。

鬱確其高，梁甫回連。

枳棘充路，陟之無緣。

將伐無柯，患兹蔓延。

惟以永歎，涕霣潺湲。

確乎近漢魏人的手筆。勉強翻成白話，大意云：

登上那山崗，山陵連綿曲折。仁道近在眼前，追求它卻又遠在天邊。迷失而不知歸途，屢遭挫折困苦。感歎自思，想到那泰山巍巍，梁甫山則逶迤不斷。山路滿佈荊棘，沒法攀登。想要砍掉刺人的草木，又苦於沒有斧頭。擔心它們一直蔓延，只能長歎，涕淚交流。

第三首述楚王派使者來聘孔子，宰我、冉有恭賀老師，孔子可是說當今之世再沒有周文王那樣的賢君，唱道：

大道隱兮禮為基。

賢人竄兮將待時。

天下如一欲何之？

三句協韻，問題是，那是漢魏人樂府的調調，而不是春秋時人的孔子。

孔子上鏡——〈鄉黨〉裏的凝視

1

《論語》中有一篇，較少人有興趣，那是〈鄉黨〉，因為只是描述孔子的日常生活，他在朝廷內外、衣食住行、待人接物等等表現，本不分節，朱熹云「舊説凡一章，今分為十七節」(《四書章句集注》)，這是為了討論方便。但各本分節不同，楊伯峻分二十七節（皇疏分二十一節、邢疏分二十二節、劉氏正義分二十五節、錢穆分十八節），容觀描摹之外，只見四五句孔子短短的結語。如今看來，當然繁文褥節，拘禮極了，二千多年來，環境已天翻地覆，於是變得越讀越乏味。整本《論語》，這一章是子不大語；但沒有，可是不行的。孔子教我們，聽其言，更要觀其行，〈鄉黨〉對認識孔子，其實貢獻絕不比其他篇章少，孔子彷彿走進紀錄片的鏡頭，經過修復，有時是中景，看他和別人説話；有時是全景，是搖鏡，是特寫；有時一鏡直落，有時竟像是航拍；然後，偶爾打出一句簡單的字幕。這些，並不見於《孔子家語》、《史記》、《孔叢子》，那是一雙雙凝視的眼睛。

像莊子這個有趣的人物，並沒有這麼一齣紀錄片，多麼可惜，看他在園林裏，怎樣開心地培植沒有用的樹木；再而摸進他的睡房，看他怎樣化身蝴蝶，遊走在多元宇宙；當有人邀請他做大官，看他怎樣扮成泥澤裏縮起頭來的烏龜。對了，我們要看真人出鏡，而不要由其他人戲劇式的出演。莊子內篇沒有一章〈鄉黨〉，我們對其人知道得不多。

從不同的角度去讀〈鄉黨〉，會很有趣。譬如說，可有想過敘事者的問題？他向我們報告，孔子如何做官，怎樣穿着、吃喝。《論語》不是小說，我們首先得相信它是紀實，把懷疑懸置，否則一切無從說起。它不像柏拉圖筆下的蘇格拉底，令人質疑是敘事者柏拉圖多於受敘者蘇格拉底。儘管如此，《論語》可仍有一個誰看誰複述的問題，〈鄉黨〉一篇，尤其令人浮想聯翩。

首先，它具體地呈現孔子在各種公私場合的談吐舉止，巨細無遺，這個一直在場觀察的弟子，就當是弟子吧，會是誰？看他在鄉里、上朝、奉命接待外賓（起首 10.1、10.2、10.3 節），顯然是在魯做大夫的時期。是的，看他對衣飾（10.7）、飲食（10.8）的講究，這不像是他去國流離，絕糧受困，甚或歸國後的晚期作風。能目睹這許多，論資格和資歷，首推子路和子貢，子路粗枝大葉，他出現在最末一節，成為受敘者，所以可以排除；那麼是子貢嗎？可能。顏回？一簞食，一瓢飲，看〈鄉黨〉其中描述老師的飲食作風，未免尷尬。子夏、子游嗎？兩位同樣學有所成，雖然意見不盡合；子夏承傳孔子的學問；子游呢，孔子曾跟他講大同與小康，都可能，問題在，這兩位入門，好像是孔子離國途中，是晚輩。冉有，也有可能，據「四科」說他擅長政事，但據我看來，恐怕只是個政客，甚且是幫兇，〈八佾〉中季氏違禮舉行八佾之舞，孔老師說忍無可忍，他忍了；另一次，附益季氏聚斂，氣得老師要同學鳴鼓攻之。還有其他例子。那麼為甚麼還認為他有可能呢？很簡單，他深諳官場文化，循規蹈矩。曾子又如何？他能將勤補拙，不過他最關心的是孝道。至於宰我（予），他大概會抬槓：諸多禮數，太廢時失事？倘說顏回四十早逝，不可不知，宰我可也是同一年辭世，更少顏回一歲（據錢穆《先秦諸子繫年》）。顏回死時，孔子喊「天喪予」，不是指宰予。宰予的反叛，可不是一反到底的，三年之喪，他反的是年期太長，而不是喪葬本身。於是想，不會是一個人的觀察，而是集合許多雙凝視的眼睛吧？何況要排除的，可不必是一股腦兒全排。還有，耳食傳聞也不能清零。

其次，有了這許多材料，還需要執筆書寫的人。說來就像電影劇本和電影導演的關係，且不論有的導演根本不用劇本，有的，把交來的劇本改了又改，整齣戲，成為導演的作品，編劇只敬陪末席。西方研究敘事的學者，做過許多分工的闡析，越分越細，例如熱奈特（Gérard Genette）告訴我們：看的（mood）和講的（voice）呼應，但不能混同（*Narrative Discourse: An Essay in Method*）。〈鄉黨〉的敘事者可能也不止於一個人，不過看行文、語式，應是經過統一、潤色。這位弟子掌握一堆觀察的材料，再按主題心思，用心安排。宋末的熊禾，看得仔細，他崇拜朱熹，按朱熹十七節的分法，較早分出三個不同的場景：

> 開頭五節記錄的是孔子在朝廷上的言語容貌；接下來四節記錄了孔子的衣服、飲食、居所；其餘的則是把孔子從一鄉至一國的所有事君交友之道、容貌變化、言語細微之處，都一一記載下來。（轉引自宇野哲人的《論語讀本》，劉楝譯。）

2

〈鄉黨〉的確記了孔子行事的容貌舉止，貌似如實，所以用紀錄片來比喻，並非不恰當。不過紀錄片經過裁剪，並非自然主義式的紀實，不可沒有主題，〈鄉黨〉的主題，環繞一個「禮」字。整個紀錄，就以禮為依歸。

禮之必要，宏觀地看，是群體社會合理的秩序；微觀地看，則為人倫交往合情的安排。而禮儀的多寡，當然要因時制宜。《史記．儒林列傳》說：「《禮》固自孔子時而其經不具。」意思是《禮》這典籍在孔子時已殘缺不存。而今存的《禮記》與《儀禮》所記先秦天子以至士人的各種禮儀，已極繁瑣。不過杜預指出「《禮記》後儒所作，不與《春秋》同」(《春秋釋例》)。

何況，禮書表述的是抽象的禮，何如〈鄉黨〉中由孔子具體身教？例如〈鄉黨〉起頭兩節，描摹孔子在不同的場合說話的樣子，我們如見其人，疊詞豐富、細緻，鏡頭不妨推前，用中景：

> **孔子於鄉黨，恂恂如也，似不能言者。其在宗廟朝廷，便便言，唯謹爾。**(〈鄉黨〉10.1)
>
> **朝，與下大夫言，侃侃如也；與上大夫言，誾誾如也。君在，踧踖如也，與與如也。**(〈鄉黨〉10.2)

許多個「如」字，是描摹主角的樣子，《禮記》則用容貌的「容」。恂恂，指溫和恭順；便便，即辯，指善於辭令，例如「口舌便給」；謹，謹慎小心。侃侃，和樂的樣子；誾誾，正直，能直言諍辯的樣子；踧踖，指恭敬而不安的樣子；與與，則是既謹慎，又威儀適中的樣子。這兩節說：

孔子在本鄉，溫和恭敬，像是不會說話的樣子；在宗廟裏、朝廷上，卻善於言辭，不過說得慎重。

孔子上朝時，同下大夫說話，溫和而快樂；同上大夫說話，正直、公正。國君在時，恭敬而看似不安，但謹慎，不亢不卑。

這些，大概是漢畫呈現的模樣。《禮記．玉藻》記天子諸侯的服飾、飲食、居處，都有一套嚴格的禮儀，而臉部表情必須配合：

> 君子之容舒遲，見所尊者齊遬。足容重，手容恭，目容端，口容止，聲容靜，頭容直，氣容肅，立容德，色容莊，坐如尸。
>
> 燕居告溫溫。凡祭，容貌顏色如見所祭者。喪容纍纍，色容顛顛，視容瞿瞿梅梅，言容繭繭。
>
> 戎容暨暨，言容詻詻，色容厲肅，視容清明。
>
> 立容辨，卑毋諂，頭頸必中。

遬，是不安狀。「目容端」是指目光要端正，左右游移，不可能做官，更不可能做高官。其他甚麼纍纍、顛顛、瞿瞿梅梅、繭繭、暨暨、詻詻，不必費神細解了，今人不懂，也都不用。但〈鄉黨〉第三節記孔子接待外賓，迥然不同：

君召使擯，色勃如也，足躩如也。揖所與立，左右手，衣前後，襜如也。趨進，翼如也。賓退，必覆命曰：「賓不顧矣。」

擯，同儐，使擯，奉命招待國賓；色勃，臉色莊重；足躩，腳步加快；襜，整齊之貌；翼如，如鳥兒展翅一樣。這是說：國君召孔子去接待賓客，孔子臉色莊敬，腳步加快，向兩旁的人作揖，手左右揮動，衣服前後轉擺，卻整齊不亂。快步走的時候，像鳥兒張翼飛翔。賓客退出後，必定向君主回報說：「客人沒有回望，走了。」

「不顧」云云，可能是指符合禮數，朝議停止而回望，原來被視為其心有異的違禮行為。《禮記．曲禮下》云：「輟朝而顧，不有異事，必有異慮。」

這一節孔子的面容，先來了一個特寫。然後是全景。最後是半身，字幕，或者畫外音。漢畫像石從未出現過孔子這樣的神采，衣服飄動，但不亂，走起來，像鳥兒展翅，多麼瀟灑、優雅。這根本就是充滿電影感的動畫。最末一個鏡頭，孔子對鏡說話，賓客在景深處淡出。

今人演古裝，最難搞的是那種上衣下裳相連、闊袍大袖的深衣。

3

下面四、五節同樣寫孔子從事公務的樣子，敘事者不斷變換動靜的疊詞，《禮記》也是這樣，跡近賣弄：恂恂、便便、侃侃、誾誾、與與、怡怡、踧踖；而隨着動靜同時改變面容，也不列舉了。這是涵蓋鏡頭（cover shot）再跟特寫，拍的仔細，演的不易，但「趨進，翼如也」，重複再用，顯然是用得得意，又或理當如此；事實上，這是最有視覺效果的比喻。有人簡化「翼如」為「端正」，掃興之至。

第六節描摹君子的衣着，稱君子而不再稱孔子，明顯是要示眾，怎樣穿着才合禮儀規範，才稱得上君子。這次儼如打開孔子私密的衣櫃，他彷彿成為了戲台上走 catwalk 的模特兒，不停更衣：便服、罩衣、皮袍、睡衣、浴衣、喪服、禮服……孔子身材高大，年輕時當然可以走 catwalk，這次臉色，大抵木無表情，看點在衣飾。

第八節把鏡頭擺在孔子的餐桌上。我不禁想，是誰和孔老師聚餐、和他一起喝酒呢？這幸運的傢伙也夠怪的，純出之於否定的語態，其實整章也大致如此：

> 食不厭精，膾不厭細。
>
> 食饐而餲，魚餒而肉敗，不食。
>
> 色惡，不食。
>
> 臭惡，不食。
>
> 失飪，不食。
>
> 不時，不食。
>
> 割不正，不食。
>
> 不得其醬，不食。
>
> 肉雖多，不使勝食氣。
>
> 唯酒無量，不及亂。

沽酒市脯，不食。

不撤薑食，不多食。

這節不足一百字，卻有十七個「不」。還沒算下節的「祭於公，不宿肉。祭肉不出三日。出三日，不食之矣」（10.9）。

其實腐肉、變了味、變了色，正常的情況下，我們也不吃、不應吃；我們也吃薑，的確也不宜多吃。不過，烹調不好不吃、不是時新不吃、肉切得不方正不吃、佐料不當不吃，未免挑剔，粵俗所云：奄尖。這場飯宴，當然不可能在陳蔡舉行。喝酒不限量，底線是不要喝醉，適可為止。這許多的「不」，怎麼拍，我也不知道，難道一味搖頭耍手？這原來是文字的長處。

至於「食不厭精，膾不厭細」，一般理解為糧食不嫌舂得精，魚肉不嫌切得細；也有相反的解法，倒過來說孔子吃食不以精細為滿足，這個「不厭」下得巧妙。劉殿爵英譯云：「He did not eat his fill of polished rice, nor did he eat his fill of finely minced meat.」（*The Analects*）別忘了他自稱「士志於道，而恥惡衣惡食者，未足與議也」（〈里仁〉4.9），又說「飯疏食，飲水，曲肱而枕之，樂亦在其中矣」（〈述而〉7.16）。不過，精細的美食，誰會厭棄呢？孔子可沒有說糧食和魚肉只吃精細的，不精細不吃。

4

這孔子，是在眾目凝視之下的孔子，也是敘事者刻意要呈現，以至塑造的孔子。不過，要是以為純是要表現孔子的生活，未免天真。這根本就是一場以孔子作則示範君子之為君子的教育。看孔老師怎樣做官，怎樣說話、穿衣、吃喝，上司送藥，他怎樣處理，不是做甚麼（what），而是怎麼做（how）。記得小時候一家人吃飯，大姊和我總是邊吃邊吱吱喳喳，父親就會說：「食不言，寢不語。」原來這是二千五百年前的「訓話」，深入人心。換言之，那是一套生活指南，一套建制化的程式。〈鄉黨〉裏鏡頭的凝視，讓其他人認識孔子，為各種行為舉止示範，鏡頭彼此折射，讓其他人也認識自己、規範自己。

對他者的凝視（gaze），近世從拉岡到福柯，陳義甚豐。福柯在《規訓與懲罰》（*Discipline and Punish*）其中一章〈全景敞視主義〉（"Panopticism"），講的是監獄對犯人的監控，他指出，醫院、監獄，以至學校，都沿襲圓型360度全景敞視建造，犯人與病人，一方面是大禁閉，另一方面是正確地訓導。〈鄉黨〉肯定某些行為，潛台詞則是否定某些行為。整章用了不下四十五個「不」，涵蓋公私的生活。孔子在世時，對禮一絲不苟，不能容忍他人違禮。但必須指出，他和專制畢竟不同，當時更無權力可藉。而禮背後的精神，孔子認定是「仁」，可不是赤裸裸的權力操作，「人而不仁，如禮何？」。孔子講人的主體性，很精到：「為仁由己，而由人乎哉？」（〈顏淵〉12.1）又說：「仁遠乎哉？我欲仁，斯仁至矣。」（〈述而〉7.30）禮是外在的行為規範，卻源自人的內心自覺、人的自我主宰，而非來自威權的他宰。然則禮節之法，理論上應按照眾人合乎情理的共識（〈八佾〉3.3）。福柯另外在《臨床醫學的誕生》（*The Birth of the Clinic*）第七章〈見與知〉（"Seeing and Knowing"）中，認為醫生對病人的凝視——中醫所謂「望聞問切」好像全景得多，同樣是權力的展示。他指出兩種目視：一種只忠於眼見，不作任何修飾、介入；另一種，則目視之前，早有一套邏輯理念，並非不經意的客觀。〈鄉黨〉全章以「禮」組合，不是胡亂湊拼的，妙在 10.19 節記他病了，國君來訪，接駕時仍然堅守禮儀；但更有意味的是 10.16 記執政的季康子贈藥，他拜受後，婉轉地說：「丘未達，不敢嘗。」（我不了解藥性，不敢服用。）這無疑是對權力的反省，他的教益是：權貴給你的，要弄清楚，可不能全啃進肚裏。

禮的建制化，其效用到漢初才充分體現。劉邦開初做皇帝，史遷寫他便溺儒冠，無禮不文至極。跟他馬上打得天下的兄弟，則在朝廷爭功，醉酒鬧事，更拔劍擊柱，連他也覺得討厭（實情是危險、可怕）。還是叔孫通這位通儒提議制定禮儀法度；他認為禮可以因應時世變通。劉邦姑且讓他試試。他找來大群魯儒生及弟子門生，習禮月餘，到了長樂宮建成，朝會慶祝時，群臣都誠惶誠恐，行禮如儀，不守禮的即被拉走，再沒有人敢胡鬧失禮了。這時候，劉邦躊躇滿志，說：「吾乃今日知為皇帝之貴也。」（《史記．劉敬叔孫通列傳》）

5

最末一節，與上述各節完全不同：

色斯舉矣，翔而後集。曰：「山梁雌雉，時哉！時哉！」子路共之，三嗅而作。

變了寫法，歷來多以為費解，朱熹則認定「此上下必有闕文」云（《論語集注》）。「色斯舉矣，翔而後集」，朱熹解釋：「言鳥見人之顏色不善，則飛去迴翔審視而後下止。」繼而推論「人之見幾而作，審擇所處，亦當如此」。雌雉原來是轉喻。理解最分歧的還是收結「子路共之，三嗅而作」，「共」，或解作拱，或解作手執；「嗅」，有解作「狊」，張翅的意思。

三國時何晏認為：「子路以其時物，故供具之。非其本意，不苟食，故三嗅而起也。」（梁皇侃《論語集解義疏》）宋人邢昺再加引伸：「子路不達，以為時物而共具之，孔子不食，三嗅其氣而起。」（《論語集注大全》卷五引）說到弟子愚魯，以為老師說的是時鮮，找來烹了供給老師，老師則嗅了嗅，拒絕了。這是在朱子「闕文」的空白處發揮想像。

近人楊伯峻認為是子路向野雌雞拱拱手，牠們又振翅飛去了。

倒是錢穆對此節推崇備至，他解末句為子路投以糧，雉嗅之再三，不敢食而飛去了。嗅，是狊，從目從犬，是犬視貌，借指鳥的驚視。他讚賞此節實為「千古妙文」，《論語》編者置此於〈鄉黨〉末，更見深義。他說：「得此一章，畫龍點睛，竟體靈活，真可謂神而化之也。」

他從《論語》結構去分析，很有見地。他說《論語》之編，前十篇為「上論」，以〈鄉黨〉為終；為第一次結集。「下論」十篇為續編。〈鄉黨〉本不分節，後加「山梁雌雉」；「下論」末〈堯曰〉同樣本不分節，最後也加「不知禮不知命不知言」。兩篇都分別是對前九章的總結，一匯記孔子平日動容周旋，一總述孔子道統及抱負；「雌雉」見孔子一生行止久速，「不知禮」則為孔子一生學問綱領。

我看這節要拍攝的話，情節豐足而生動。野雉見勢色不對即飛起，迴翔審視一陣，再在遠處聚集，這畫面可出諸搖鏡，再特寫野雉對人的凝視，那是另一雙靈動的眼睛。然後孔子半身，他看了雌雉的動靜，——這一次，他自己成為觀察者，感悟地說：時哉！時哉！那是鳥猶因時制宜的深歎。「時」是孔子一個關鍵詞，動靜都得乎時中。最後子路入鏡，投以食物；再特寫雉鳥，嗅嗅食物，飛出我們凝視的鏡頭外。那是有所不食。

然則禮要守，還要看時宜。這是對禮的補充。孟子認為孔子是「聖之時者」(《孟子．萬章下》)，或進或退，或留或走，必須審時度勢，不能一成不變。這其實也是《中庸》的精神。《孔叢子．記問》記孔子作過這樣的歌詩：

大道隱兮禮為基。
賢人竄兮將待時。
天下如一欲何之？

儒學生活化

儒學在當今之世還有甚麼用處？當失去政制的撐立，遇上前所未見的各種衝擊、挑戰，儒學還有甚麼出路？這是儒學者讀《論語》讀到最後，必然面對的問題。事實上，這方面學術界一直有過無數的討論、探索，既人言人殊，也恐怕難有答案。

我們知道，儒學發展至明代的王陽明，是一大轉折。孔子身後儒者説教，對象是天下一人，是識字的讀書人，故有所謂「修齊治平」，從一己修身齊家出發，終極目標是治國平天下。到了朱熹仍然如是。但明代之後，很明顯，皇帝他老子是不聽你的，那位説「君之視臣如土芥，則臣視君如寇讎」的孟子，被逐出學堂成為禁書；最大的困境是，老百姓聽不懂你的，也不要聽你的，一宿兩餐得來匪易，治國平天下跟他們有甚麼關係呢。王陽明很聰明，看到「治平」難以企及，不如着眼「修齊」，講每個人都有良知，都可以成聖成賢，「良知良能，愚夫愚婦與聖人同」。陽明先生《傳習錄拾遺》有一則記載，頗能説明問題：

嘗聞先生曰：「吾居龍場時，夷人言語不通，所可與言者中土亡命之流。與論知行之説，更無抽格。久之，並夷人亦欣欣相向。及出與士夫言，反多紛紛同異，抽格不入。學問最怕有意見的人，只患聞見不多。良知聞見益多，覆蔽益深。反不曾讀書的人，更容易與他說得。」

龍場在貴州，苗族、布依族、侗族、土家族等等多族雜居。「抽挌」、「拍挌」，《陽明先生遺言錄》作「捍格」。挌通格，格鬥、相擊之意。王陽明跟外族、亡命之徒演說，講知行合一，覺得沒有問題，跟讀書的士人說，反而格格不入，意見多多。此見講良知，不如對夷人、對老百姓講。「良知」何能「致」，他的解釋是，回復心的本體，正其心意，而不求之於聞見，聞見反而是知識障。這在儒學發展史上，自有一種解放思想的啟蒙精神。中國思想家，能做好管理，辦教育，不在少數，但更能帶兵打仗，則絕少。陽明先生不愧文武雙全。

陽明心學可說承自南宋與朱熹同時的陸九淵，陸說：「若某則不識一個字，亦須還我堂堂地做個人。」（《陸九淵集》）倒過來說，識許多個字，也未必就是個堂堂正正的人，如果失去「良知」。講良知，始自孟子，北宋大小二程其實也講，不過主張略有不同：程顥（明道先生）主張「明心見性」，程頤（伊川先生）主張「格物致知」。有趣的是，兩兄弟在南宋各有大粉絲，而且影響深遠。陸九淵尊崇「大程」程顥，朱熹尊崇「小程」程頤。王陽明則繼承陸九淵之學，大程多處提到良知、良能，不假外求；朱熹儘管「道學問」，但解《孟子．盡心》也認為「良知、良能，皆無所由，乃出於天，不繫於人」。

知識之成「障」，是孔子之後，儒學不同的解說太多太多了，往往越解越深奧、越繁瑣，普通人固然看不懂，也無暇深究，因而與民間漸行漸遠。究其實，舊知識是否成為新知識的障礙，視乎讀書人是否泥執，故步自封；讀書多了，豈能沒有「成見」，近世的傳釋學告訴我們，有好的成見，有壞的成見。

王陽明之說，和唐代慧能把佛教中國化，頗有相通之處，佛典同樣多得不得了，深奧玄妙，而且宗派林立。慧能一反傳統，認為修行不必出家，在家則一如儒者，也講孝義讓忍（《六祖壇經・疑問品》）。他固然主張頓悟，可也不完全反對漸悟，不能自悟，才尋求知識指示，但說到底一切般若智，皆出於自性，不假外求；執求知識解脫，其實一無是處。《六祖壇經・般若品》云：

> 三世諸佛、十二部經，在人性中本自具有，不能自悟，須求善知識指示方見。若自悟者，不假外求。若一向執謂「須他善知識，望得解脫」者，無有是處。何以故？自心內有，知識自悟，若起邪迷，妄念顛倒，外善知識雖有教授，救不可得。若起真正般若觀照，一剎那間，妄念俱滅。若識自性，一悟即至佛地。

這是禪宗因應時勢，不立文字，為大眾開方便門。宋明理學，即為此應對挑戰。很難說王陽明不受影響。陽明後學有兩大派，一為王畿（龍溪），另一為泰州創派的王艮（心齋）。泰州的王艮，以及顏山農、何心隱、羅汝芳（近溪），以至李贄等人，當時的影響尤大。王艮（1481—1541）用平民的生活語言，指出良知人人具足，「人倫日用之間舉措之耳」，童僕捧茶、打掃，農夫耕作，妻子送飯，這些日常生活，自然而然，不假思索、造作。「百姓日用是道」，道即在日常生活之中。這是對古賢聖的顛覆，因「百姓日用」一語，本來自《易．繫辭》，卻說「百姓日用而不知」，百姓其實不懂一陰一陽的「知」。王艮說，有甚麼知與不知呢，「良知一點，分分明明，停停留留，不用安排思索」，根本不需糾纏。其說後人輯為《王心齋先生遺集》。

王艮出身下層社會，努力自學，再拜王陽明為師，一生不曾做官，因此親近庶民，深明物質生活之必要。泰州傳人，也大多是平民，做官也只屬低下官。思維與表述，自與精英的士大夫不同。王艮不講綱常名教，講「道」時大受歡迎，聽眾包括陶匠、耕夫、灶丁、商賈，不少讀書人也樂於聆聽。要注意的是，他肯定「愚夫愚婦」，可沒有排斥不願受名教羈絆的讀書人，上述顏、何等人即是。

王艮思想有兩大特點，一是強調血肉的身，有別於陽明的心，他認為身與道原是一體，尊道，須同時尊身，身是本，家國天下為末。保吾身，然後可以保家保國保天下，這是他的〈明哲保身論〉，他以為「能愛身，則不敢不愛人；能愛人，則人必愛我」，如是一路推出去。對個體肉身生命的尊重，是前所未有，且嘗試推己及人，從個人到社會。不過這恐怕是一廂情願的說法。孔子教學生「愛人」，但被愛之人，是否同樣「愛你」，並沒有保證。況且，人對「愛」有不同的理解、不同的做法。

其次，王艮作過〈樂學歌〉，講學習的樂趣。孔子其實也說過：「知之者不如好之者，好之者不如樂之者。」（〈雍也〉6.20）不過孔、顏樂處，久已湮沒無聞，王艮重新強調，讓枯燥煩悶的儒學，令人樂於學習：

> 人心本自樂，自將私欲縛。……
> 樂是樂此學，學是學此樂。

是的，學而時習，不亦悅乎；而道德倫理也要人樂於遵行才好。

泰州後人，又推前一步。羅汝芳（1515—1588）是泰州後學的翹楚，曾比較王陽明與王艮之別，指出陽明先師重「覺悟」，王艮則重「踐履」（《近溪語錄》）。他主張用「赤子良心，不學不慮」的方法去致良知。他解說「樂」，如赤子初生，弄之則欣笑不休，乳而育之則歡笑無盡，並引申到「仁」：

> 生意活潑，了無滯礙，即是聖賢之所謂樂，即是聖賢之所謂仁。

再然後是李贄，他說「吃飯穿衣即是人倫物理」，提出童心，即是真心說。

要之，泰州把儒學平民化、通俗化、生活化，簡而言之，是從知識份子的圈子走出，深入民間，而且一去不返。對正統儒家來說，不免認為是叛逆。黃宗羲就說泰州令陽明先生風行天下，另一面也令陽明學說從此失傳（《明儒學案》）。這方面，真是仁智互見，有得有失。泰州無疑比陽明擺脱程朱理學大一統的迂腐氣更徹底，但其末流，猶如鐘擺，盪向另一極端，讀書人即侈言心性，不讀書。

但今天考量看，把儒學生活化，實有必要，是時窮不可不變。且為明末清初顧炎武等思想家的先驅。對晚明的文學藝術（包括繪畫）的影響，尤其深遠，間接或直接，釋出晚明的文學藝術，如《金瓶梅》、三言二拍、三袁，等等。再大的轉變，就是五四的新文學新文化運動。運動之初，鐘擺兩頭，不免有人以為孔教吃人，要打倒「孔家店」，又或有人要奉孔子為無尚教主，捧之祭之。

文學藝術如此，則儒家在政治上「外王」不再，則唯有道德的「內聖」，聖也不好説，免予人禮教始終吃人之譏，不如走進庶民之間，化繁為簡，謹守現實人生的合情合理。説是出路，實也不得已。然則現實人生，實踐時何者為合情合理，這是難以周全地解答的，正因為不能擺脱現實的境遇，政治的，經濟的，文化的，各有不同的條件、景況。孔子之教，從來不是教條，當然也不是可以演算公式的科學。從他如何看待管仲、伯夷叔齊可見，他果爾是「聖之時者」。儒學生活化，也就是正常化。

不過，阿多諾在《道德哲學的問題》提醒我們，生活上的「穿衣吃飯」，也有道德問題，你不能奪取別人的衣服，搶去別人的飯碗。孔子後人的子思，從哲學上講，分別「行」與「德之行」，認為行為倘為了因應責任，雖合乎仁的要求，只是「行」而已，還算不得君子。二千年後康德則區分「假言命令」與「定言命令」，這些，另見綜述中〈眾聲複調的《論語》〉一文。傳統讀書人對成為君子，自是念念不忘。當聖人君子生活化，等同「愚夫愚婦」，卻又如何？阿多諾指出，倫常習俗與道德觀念有別，倫常習俗不一定符合道德，一時一地行之已久習以為常的做法往往成為壓迫，更可能成為暴力的、不人道的強制。這方面的例子，中國過去太多了。不過，無論道德觀和實踐都來自生活，就因為各有要唸的經，我們不能明定甚麼是對的、善的生活，卻知道甚麼是不對的、惡的生活。不公正、詐騙、沒有誠信、卸責，以至歧視、欺凌弱小，就是不道德的生活。

如今的儒學，怎樣闡釋，怎麼變，自是人言人殊，而時空也恆在丕變，我拾人牙慧，只想到上述這些。《論語》這本書，細讀多年，仍然是我所不知道的一本書。

附錄：孔子訪孔林

1

不知孔老師周遊列國之後回到孔林有甚麼感想？回到那麼一個世上以他一家之姓最大的墳場，從公元前478年開始，即老師逝世翌年，足有十萬多個他的後裔在此定居，地方太大，佔地達三千餘畝，走不了，大概也無需走完，那就不妨坐電瓶車代步。告訴你吧，你入林時不用收費，孔府孔廟孔林三孔都不用收費，只要出示長者證件，就可以換取聯票。可孔林裏的電瓶車，不論老少，每位人民幣二十元，早一些日子，才不過十五元，再早一些，三十多年前我到來的時候，好像並不收費，或者少到我再記不起來。那時可沒有遊覽車，我和朋友一早到來，不停看碑，好像我們看了孔子三代人的墓後，想再找那個《桃花扇》的作者孔尚任，東看看，西看看，這就迷了路。找了好一陣，並沒有其他訪客，不免有點慌亂，有晨運的人跑來，我們就跟隨她，跑了出來。

所以，有了遊覽車代步，儘管遊覽車這名稱失敬了（名字是車隊張貼出來的），但到幾個我們要看的地方，也無妨收一點費用，尤其對長者來說；我們外客，對孔氏後人，反正只認識那麼好幾位。我們乖乖的付了款。你呢你說你就是孔丘，孔丘孔仲尼。收費的年輕人大概聽不慣你的說話，說：這裏誰又不姓孔。很好，別以為你就有特權。

但孔老師，我由此想到，你說的到底是甚麼的一種言語？《論語．述而》說：「子所雅言，《詩》、《書》、執禮，皆雅言也。」（7.18）「雅言」是甚麼的一種言語？有人解作高雅甚麼的，恐怕不對。你的學生自然以本地魯人最多，可不少來自其他地方，子貢是衛人、陳亢和子張是陳人、司馬牛和高柴是宋人、漆雕開是蔡人、子夏是晉國溫人，有說是魏人、衛人，總之不是魯人。子游更厲害，是吳國人，從南方老遠來到山東，等於留學。他們帶來了不同的習慣，不同的言語；大多很斯文，可有的，相當粗野，我們馬上想到子路，老師就說他是野人，野人哉！司馬牛可能是另一個，可能罷了，司馬遷說他「多言而躁」，躁是急躁。《論語．季氏》中孔子說：「言未及之而言，謂之躁。」（16.6）那是說話沒理會環境，也沒大沒小。孔子針對他這種缺點，教他「仁者，其言也訒」。訒，指因慎言而貌似難以啟齒的樣子，這是禮的表現，怕的是空口說白話；「君子欲訥於言，而敏於行」（〈里仁〉4.24），而這也是正言的一個解釋。

另一個例子是樊遲，他曾替老師駕御馬車，也跟老師到舞雩台，同樣是可能罷了，不是說他粗野——說他「粗鄙近利」的是朱熹，我不敢同意，而是他看來聽不懂高雅的話語而已。同學向老師請教的，不是禮、仁，就是政，都是大問題，只有他問種植穀物的問題，孔子就説我比不上老農夫；再問種植蔬菜的問題，孔子又説我比不上老菜農（〈子路〉13.4）。是的，這些，孔子的確不如專業的農夫。我們只知道孔子因材施教，可孔子同時倒過來叫我們因師就學，更不要問道於盲。他離開後，孔子斥責他「小人哉」，這個小人，和道德沒有關係，也不是指地位，意思是沒有志氣，只要在上執政者好禮、好義、好信，就不用動莊稼的念頭了。朱熹也許忘了，樊遲當時在魯做官，種植為的可不是自己。今天的學生似乎不能罵，大概自小就多得有孝順他們的父母，令他們脆弱的心靈一直脆弱，受不了打擊。當年，孔老師從未體罰學生，罵的倒也不少，例如小人哉、惡乎佞者、予之不仁也、小子鳴鼓而攻之。奇怪竟沒有學生因為被老師當眾責罵而自殺，因此而自殺的父母更沒有。今天這樣斥罵學生的老師，難保不會丟了職。

不過，孔老師並非看不起農事，看不起農事，就會在學科裏剔除駕御馬車，專治禮樂書數不就夠了。老師也不會説：「吾少也賤，故多能鄙事。」（〈子罕〉9.6）當他聽到有人説他大哉博學而沒有一技之長以成名，就對門人説：我有甚麼專長？駕馬車？射箭？我還是駕馬車吧。他也不會説：「富而可求也，雖執鞭之士，吾亦為之。」（〈述而〉7.12）他更不會因南容說大禹和后稷親身稼穡而得天下，連連稱讚他：「君子哉若人！尚德哉若人！」若人，指這個人；君子呀，這個人！（〈憲問〉14.5）「君子哉若人」，大概是孔老師的慣用語，他也這樣稱讚過宓子賤，而且連說兩遍。在《孔子家語．六本》他不是說：辦理政務是有法則的，而以農事為根本（「治政有理矣，而農為本」）？

2

孔老師辦的是私學，課程是他自定的，一定四十多年，哪裏會一改再改，然後又改回去，彷彿失憶。教育的目的，就是教人善加記憶。而他有教無類，無類不單指不論貴賤，也不限籍貫，因此那是國際學校。可世上哪有學費一次過只收十條臘肉的國際名校？他收學生，自言：「自行束脩以上，吾未嘗無誨焉。」（〈述而〉7.7）漢代鄭玄說：「束脩謂年十五以上。」「上」字不當動詞，束脩是指年齡，十五歲以上是成年，成年後有志於學，孔老師沒有不教的。易言之，老師其實並不收費。老師自己呢，也是年十五而志於學。馮友蘭拿孔老師跟蘇格拉底老師比較，以為蘇格拉底才真是有教無類，且並不收費云云。色諾芬在《回憶蘇格拉底》裏指出，這是蘇格拉底認為一旦收費，就不能自由選擇學生，那是逼使自己做奴隸。然則，蘇格拉底並非有教無類。馮友蘭沒有「叩其兩端」，忘了孔子所收更多的而且主要是窮學生，例如顏回、子路、冉求、仲弓、原憲、伯牛、子夏等等。都是同行老師，環境不同，何必拿那個老師來貶這個老師。

拜師而繳費實是天經地義，問題在學費多少。今天香港的直資學校，越有名的越貴，年收四至五萬元，且會緊貼通漲，不斷加價，雖說可以申請減免，但要入了校門獲得取錄才填繁瑣的申請表，申請而已。於是難免有主辦機構對僱員大談待客之道，也難免有顧客要求至上的服務。教與受教都當是一種消費。孔老師弟子三千（《史記》說：弟子三千，身通六藝者七十二人；《孔子家語》中齊國太史子無因此把孔子比喻為「素王」，那是沒有王位的王者。這是美稱，卻嫌封建），以今人計算，教書三十五年，學生往往多於三千，如果每個新生只一次過收十條乾肉，孔子教書近半個世紀，要不餓死，肯定營養不良。幸好他畢竟受到各國的禮待，也有「朋友之饋」。總之，老師沒有看不起學生的出身，沒有看不起種植這回事。

禮壞樂崩的年代，老師只是對樊遲有點恨鐵不成鋼罷了。當樊遲問崇德、修慝、辨惑，孔子就讚他問得好（〈顏淵〉12.21）。這是一位希望重建西周郁郁乎文采的老師，你不會問教哲學的唐老師牟老師，怎樣修理水喉，儘管他們未必不會修理水喉。樊遲也問仁的問題、知（智）的問題。這可是大題目了，他這樣問了兩次，一次孔子簡單的答：「仁者愛人。」愛人就是了，有甚麼難懂難辦的，直接到位；這是對仁最淺近的解釋。至於知，老師答：「知人。」把名詞轉為動詞，也很俐落，能夠判別人的好壞，不啻能夠辨別是非。他不明白，老師於是解釋：「舉直錯諸枉，能使枉者直。」舉薦正直的人而措置之於壞人之上，能令壞人也正直起來。「枉」，指邪、壞之人，與「直」相對。「錯」，鄭注說是「措」，即措置；有人釋作廢棄。「舉直錯諸枉」一語，孔子對魯哀公也說過一次：「舉直錯諸枉，則民服；舉枉錯諸直，則民不服。」（〈為政〉2.19）樊遲對仁者愛人應該明白的，對智之能分別直枉卻仍然摸不着頭腦，也難怪，他要另外請教同學，像找補習老師。書可能讀得最好的子夏用實例解說：舜提拔皋陶、湯選用伊尹，壞人不是遠去了？舜和湯即是知人，再加以善用。這是《易經》所云：「方以類聚，物以群分。」劉向編的《說苑》載晏子答齊侯要「審擇左右，左右善則百僚各得其所宜」，孔子評說「善進，則不善無由入矣；不善進，則善亦無由入矣」，說得無疑更淺易清楚。

是的，「智」就是要能夠分辨好壞、是非，這或者就是今人教育的要旨。至於知道了，又能否擇善，在相對主義橫行的世代，這是另一難以解決的問題。但儒者看仁與智不是兩碼子事，而一呼一應，相輔相成，所以說「唯仁者能好人，能惡人」(〈里仁〉4.3)，大多注本解為因為仁者沒有私心，公平地愛人、公平地惡人，這是肯定的，只是忽略了那個分別愛與惡的副詞「能」，這「能」不是動物性的本能，而是一種能力(capability);「泛愛眾」的「泛」,《說文》說「濫也」，語意不佳，不如《廣雅》云「博也」。仁者不是鄉愿，不是老好人，而是要擇善而固執；有這種判別的能力，才稱得上「智慧」，才會懂得親愛甚麼人、厭惡甚麼人，才措置合宜。所以說「仁者不惑」。

3

王充認為仁與智不相干(《論衡》)，是智者未必是仁者，仁者卻不能沒有智慧。至於說「知者利仁」，那表示智慧有助於行仁；但另一面行仁倘是為了利益，則終究不如「仁者安仁」，行仁是為了心安理得，而與利害得失無關。倘再追問這種「知人」的能力從何而來，老師其實早說過，人有四等：最上等之人，生來就知道了；次等之人，學了然後知道；再次一等的人，遇到困難而去學習；至於遇到困難也不去學習的人，就最下等了。下愚是病在不肯學，則與我們理解的智商「愚笨」有別；這類人可不少見，我對網絡世界就是下愚。至於上智，並無實例，連孔子也自稱非生而知之。除上智一類，重要還是一個字：「學」，我們大多數人，是「學而知之」、「困而學之」。困而不學，實在難矣哉。早些時，老師主動地問大師兄子路，可知道甚麼是「六言六蔽」麼？然後告訴他：好仁不好學，弊病是愚蠢；好智不好學，弊病是放縱；好信不好學，弊病是害人；好直不好學，弊病是刻薄；好勇不好學，弊病是破壞；好剛不好學，弊病是狂妄。「六言」指仁、智、信、直、勇、剛，都要受「學」來節制、調教，否則就出問題了（〈陽貨〉17.8）。

「學」原來這樣重要，「智」要從學修養。《中庸》説的「三達德」，智、仁之外，還有「勇」，見義要勇為，且勇於承擔。我這樣説，在老師之前，真是班門弄斧，又是否「多言而躁」？而聽我説話的其他人，可都睡着了。

回到老先生説甚麼話的問題。因為坐在車上，一路只見兩旁叢林，道路開闊平坦多了，而新墓又多了不少，這裏那裏，忽高忽低，有大有小，儼如一本立體的氏族史。不覺浮想聯翩。想來老師在家時說的可能是曲阜的魯語，教學時對學生說的，其實是當時從西周直轄地區傳來，一種當時通行的雅正語言，雅者，正也，猶後世的官話，近似今人所謂普通話。而這種普通話，也有矯正粗鄙失禮的作用。所以，他也不必教翻譯。不過時移世易，同屬普通話，卻有了不同的內涵。由此想到，秦始皇的功過有不同的意見，他「書同文」，沒有「語同音」，眾聲複調，並無不可。

多說一個有趣的收費故事，還有一點時間。原來探訪孔府時，府旁新設了一個房間，叫「論語背誦廳」，說明只要在十分鐘內能夠背誦三十句《論語》，考官再從中抽問五句的解釋，倘都通過，就三孔都免費了。我一位在大學教《論語》、《孟子》的朋友稍早之前先來探路，當然輕易過關，他向我們通風報信，所以另外兩位朋友有備而來，但仍不免忐忑不安，入門時要學而習之一番，挑了最短的句子，例如「君子不器」、「鄉愿，德之賊也」、「德不孤，必有鄰」之類。我自忖受不了這種壓力，生平最怕考試，也考不好，多給我半小時，恐怕仍不免出醜，考官又都是美少女，我寧願買票算了。但原來我也不用買票，因為優待長者。你呢，你記得自己說過甚麼，或者還記得貴弟子認為你說過甚麼嗎？你一味莞爾而笑，大概覺得這真有點意思。兩位朋友果爾都順利過了關，拿着證明書拍照，喜不自勝。這樣插科打諢，車在「萬古長春」的石牌坊前停下，大家下車。

4

孔林有五座牌坊，我覺得「萬古長春」是最漂亮的一座，這石坊建於明代，古樸、莊重、恢宏，並不囂張，或竟是所有石牌坊之中的表表者。牌坊是中國封建社會的特產，是為表彰忠孝節義之人所立的建築物，後來發展成為標誌。倘是表彰，則工匠的發揮是一回事，還需要得體，與功績配合，不是越高大越多裝飾就越好。這石坊，有一個最尊貴的廡殿頂，這種屋頂，明清時只有皇室獨享，可見孔家特蒙恩寵。飛檐上翹，三層橫樑，六柱五間，柱身少不了各種飛禽走獸的精雕。

走過牌坊，是一條筆直的神道。兩旁的行道樹都是圓柏、側柏。酈道元在《水經注》裏説夫子死後，眾弟子移植四方異樹。孔林是這樣開始的。不過第一個入葬孔林的，其實是夫子的妻子丌官氏，墓址倒是夫子選的，其實也為自己選定永久的居所，到時候再夫妻會合。翌年孔子返魯，已是六十八歲的長者了。再過一年，不幸兒子鯉也死了，五十歲，就葬在左側。到後來，孫子伋就葬在右邊。《禮記》云「左昭右穆」，子是昭，孫是穆，自己居中。流離許多年，他們仨畢竟重聚了。說弟子移植異樹，這當然是傳聞，《水經注》之說其實來自漢人的緯書（《禮緯》），酈道元照錄不疑。不過留存至今，還有子貢在墓前種植的楷樹，樹已枯死了，只餘下小半節讓人憑弔。還有，我豈會忘記，大家說的老師自己手植的檜樹，樹在孔廟大成門內。最早說夫子手植柏葉松身之樹的，是唐人封演《封氏聞見記》，不過樹早枯死了。相傳而已，如今所見的檜樹，已加石欄圍護，還很健壯，高越廟頂，超過十丈。《爾雅》說檜樹「柏葉松身」，其實即是圓柏。此前酈道元記泗水，說孔廟「栝柏猶茂」，栝，即檜；他可沒有說，其中有一株，另外還有兩株，乃夫子手植。許多年來經歷無數風雨，據說前後死去三次，正如孔子的學說，可三次都死而復生，有人更推說這樹的榮枯，正好驗證朝代的興衰。但是否原來的檜，姑妄聽之。

但孔子和弟子都喜歡樹，則絕無可疑。《孔子家語》中，孔老師說：「思其人，必愛其樹。」樹木一如樹人，期之百年，真正的教育家都是環保份子，而孔老師，更是環保先聲。

不過《論語》不記夫子說樹，你說過麼？一定有說過的。《論語》大概有「苗而不秀，秀而不實」的感歎，說是「鳥擇木，可沒有木擇鳥」，又肯定「松柏後凋」，《中庸》就引過你說的「人道敏政，地道敏樹」。那是説治人之道，在於搞好政事；經營土地，在於搞好種植。行政，無異於種樹，或者倒過來。

近年郭店竹簡出土，《中庸》確定是子思之作，他記了許多祖父不見於《論語》的説話。至於老師編的教科書《詩經》，更有不少草木，深意都寄託在草木裏去，教書時一定不會只叫學生多識它們的名字而已。例如〈子罕〉9.31 引過逸詩，很精彩：

> 「唐棣之華，偏其反而。豈不爾思，室是遠而。」子曰：「未之思也，夫何遠之有？」

「偏」，即翩；「反」，即翻；「而」是語助詞。過去不少人解得很深奧，甚麼求賢之類。朱熹則説「上兩句無意義，但以起下兩句之辭耳」，因為他認為孔子是「借其言而翻之，蓋前篇『仁遠乎哉』之意」。「仁遠乎哉」之句在〈述而〉7.30。我是個寫詩的人，何如還原基本，把它讀成一首情詩，再經老師的點破，變成了一首反情詩。沒有上兩句植物的搖擺逗引，下兩句就變得突兀。這四句逸詩怎會牽扯到仁

孔子手植檜樹

的問題？這位有情人只是說：「唐棣開花了哦，翩翩翻舞；我怎能不思念你呢？只是我住得太遠。」但更妙的還是孔子的評語，他說穿了：「不是真的思念，真的思念，再遠又有甚麼關係！」

5

從小的相思到大的哲思，孔子並不以為時間和空間是問題。〈述而〉7.30 云：「仁遠乎哉？我欲仁，斯仁至矣。」又在《中庸》說：「道不遠人。」我想，樊遲的優點是，他不會不懂裝懂，老師不需像教誨子路那樣教誨他，「知之為知之，不知為不知，是知也」(〈為政〉2.17)。他和子夏，就像曾參、子游、子張，都是老師晚期的弟子，以年齡計，《史記》載他比老師小三十六歲，《家語》則說小四十六歲；子夏小老師四十四歲，倘照《史記》則他應該是師兄，這是不恥下問。當然，看來還是《家語》合理些，這從齊魯的「清之戰」可見。他年紀輕輕就做了官。《左傳》哀公十一年記齊國攻打魯國，冉求做季孫的家宰，力主出戰，其他兩家因為執權的是季孫，彷彿事不關己，拒絕出兵。冉求親率左軍迎敵，孟孺子率領右軍。冉求點名要小師弟樊遲擔任自己戰車的車右，季氏認為樊太年輕了（「須也弱」，須是樊的名），這時候應是才二十歲出頭。但冉求力薦：他服從命令的。魯進軍時遇上溝塹，軍士不肯前進，形勢不妙。樊遲對主帥率直地叫喊：「非不能也，不信子也。請三刻而踰之。」(一說「子」是指季孫）這是請冉求號令三次然後帶頭衝過去。冉求照做了，果然打敗了齊軍；魯的右軍呢，大敗，且逃之夭夭。魯國得救，樊遲無疑有大功勞。之後一年，老師就回到魯國去。所以樊遲的問題，也不是沒有緣由的笨問題；他做官，應體會到魯民的經濟處境，而民心散渙，他以為解決民困的辦法是搞好經濟，讓農民從耕耘裏多些收穫。哀公和有若一段對話可參看：

哀公問於有若曰：「年饑，用不足，如之何？」

有若對曰：「盍徹乎？」

曰：「二，吾猶不足，如之何其徹也？」

對曰：「百姓足，君孰與不足？百姓不足，君孰與足？」（〈顏淵〉12.9）

鄭玄云：「什一而税謂之徹。」哀公説國用不足，有甚麼辦法呢？是有加税之意。有若答：何不回復徹法，即田税抽十分之一。哀公說：抽十分之二，我已覺不足，怎麼可以用徹法呢？他不提人民，只關心自己。有若答得好：百姓足夠了，國君又怎會不足夠？百姓不足夠，國君又怎會足夠？徹法或不能確考，但民困是由於厚税，樊遲恐怕無此認識。日人竹添光鴻（1842—1917）認為他少年出仕，問的是如何治事：「蓋是時賦役煩重，民力罷敝，田野為之荒廢……所以有學稼之請。」（《論語會箋》）老師說「小人哉」，認為問題的癥結在政務不在農務，是治本與治標的問題，實也寄望殷切；另一面也是對執政者的忠告。百姓困苦，是權貴老想增益自己的收入。同一年，《左傳．哀公十一年》記季孫想按田畝收税，派冉求去問孔子意見。老師說：我不懂這個（「丘不識也。」）——答案一如答樊遲，不過斬釘截鐵得多，含意也不同。如是問了三次，季孫有點不爽，說：你是國老，等尊意行事，為甚麼不說呢？孔子仍然沒有回應。孔子其實是有意見的，當哲人沉默，他其實是無聲抗議。他私下對學生冉求說：君子辦事，要遵照禮法，施捨要豐厚，做事要適中，賦斂要盡量微薄，然則按丘邑來徵稅也就足夠了；要是不按禮法，貪得無厭，即使按田畝收稅，也會不足夠，此事有周典可循，倘早就想苟且自行其法，又問甚麼意見呢？（「若欲苟而行，又何訪焉？」）世間的許多諮詢，大概也是這樣。季孫當然不聽他的，不聽他的還有冉求。《國語》中載老師還有另一番話對冉求耳提面命，可冉求仍遵季孫之命聚斂，無疑為虎作倀，難怪孔子罵他「非吾徒也」，還要其他弟子「鳴鼓而攻之」，這是他對學生最嚴厲的斥責了。而孔門四科中，冉求竟也得政事科的榮譽。

孔子本屬殷後人，植柏，是傳統。三孔的確有許多異樹，三孔歷年重修，榮寵日隆，當然也屢遭火劫等厄運，現存的建築主要是明清時留下的規模，樹木過去也主要是明清的種植，而且是大量種植，以清康熙、乾隆、道光三朝最多，其中又集中在孔林，資料說近十萬株，算來不少都是長者，有楷、槐、銀杏、松、榆、楊、柳……槐樹當然是樹中的大塊頭，這裏聽説有三株，聽説就是了，不必深究。槐樹有國槐與洋槐之別，國槐是地道的國產，洋槐則是十九世紀的舶來，孔老師當然不及見。洋槐枝幹上帶小刺，國槐則無。可都是好樹，都可作行道樹，山東青島最多洋槐。

樹木的世界，並不排外，來了，就落籍定居。我不明白要罵它的人，為甚麼不堂堂正正而要找桑樹，這原來是小説家的胡言。養蠶人好欺，難道桑樹呵也可欺，桑樹有灌木，可也有喬木。我幼年在新界生活時極愛桑樹，也只認識桑樹，因為小孩都養蠶，蠶吃桑葉是奇景，桑葉層層覆蓋蠶兒，可轉眼就啃光，於是又跑去採摘桑葉。不過孔林中我印象最深的，還是圓柏和側柏，都屬常綠喬木，圓柏的樹身條紋較深，皮會剝落，紅色，挺直兀立。孔林中一般只高八九丈，到了樹頂，平了，樹幹收幼，忽爾扭曲分叉，向四方八面橫伸，像龍虯，像指爪，再無樹葉，充滿詭異的古意。

6

樹木篤定不移，可讓良禽棲遲，而檜樹絕對不是朽木，高大挺直，用途甚廣，可以做各種家具。不過自從北宋末出了個姓秦的大官，以檜為名，好事多為，結果禍及草木，名桂名柏的人多極了，可再很少人名檜。宋崇寧年間米芾來訪，看了，動筆寫了〈手植檜贊〉，刻成碑石，立在手植檜樹旁，甚麼「矯龍怪，挺雄姿」，不過爾爾，他其實另寫了一首頌孔子詩，也刻成碑石，有趣得多，如今移置到漢魏碑刻陳列館：

孔子孔子，大哉孔子！
孔子以前，既無孔子；
孔子以後，更無孔子。
孔子孔子，大哉孔子！

要不這是書畫學博士米芾寫的，恐怕會有人認為作者根本不識字，哪一個人不是以前以後獨一無二？怎麼大哉法？因為是米芾，而且說的是人所共知的孔老師，於是好像不說而自明，口號變成了歡呼，居然令人過目不忘。我也說大哉漢魏碑刻陳列館，我和朋友來回找了許久，原來就在孔府前後。我久習書法的朋友是「米粉」，看了真碑，不是拓本呵，看之不足，翌日再來細看一次。漢魏碑刻陳列館收藏的名碑甚多，大多從孔廟移來，例如乙瑛碑、禮器碑、孔宙碑、史晨碑，漢隸的最高水平幾乎盡收於此，還有被譽為魏碑第一的張猛龍碑。

《論語》談樹木的是那個很會說話的宰我——孔門四科的獎狀其中「言語」竟頒給了宰我，尤在子貢之前，加上被老師嚴責的冉有，也名列「政事」，令人懷疑是否真的由老師親令頒發，屬於某一階段嗎？抑或這是終身成就獎？「言語」一科，子貢有過出色的成績證明，《史記》有詳細的記載，史遷說他：「子貢一出，存魯，亂齊，破吳，強晉而霸越。子貢一使，使勢相破，十年之中，五國各有變。」太厲害，或經不起細考，但能言善辯則是肯定的，且可說是第一位成功的儒商，證明富而可求。宰我的成績呢，在今本《論語》則不見，不單不見，反而老師對他有不少惡評，他白天睡覺，古人認為這是懶散的表現，夫子不是說聽其言還要觀其行，意即這個學生言行不一麼？宰我在《孔叢子》、《孟子》筆下，卻是另一個形象。宰我在《孔叢子》中甚至受老師的稱讚，說他比子貢優勝。問題在《孔叢子》一書的真偽一直爭論不息。

《論語・八佾》3.21 中魯哀公問宰我用甚麼樹木做社，立社是為了祠土地神：

> 哀公問社於宰我。宰我對曰：「夏后氏以松，殷人以柏，周人以栗，曰，使民戰慄。」子聞之曰：「成事不說，遂事不諫，既往不咎。」

宰我答夏代用松樹，殷人用柏樹，周人用栗樹，他補充一句，周人用栗，是要使人民「戰慄」。這最後一句，顯然才是他真正要說的話，從地宜轉變為意喻，倒有點法家的意味。蘇東坡、子由兩兄弟都為宰我鳴冤，蘇轍推測這或是哀公與宰我之間的密語，針對的是狂妄僭政的三桓；哀公有意重奪政權，宰我則心知肚明，加以慫恿（《古史》）。近人錢穆更而推論宰我在《論語》裏除了得一個獎狀，出場多屬歹角，是「負此重冤」。重冤云云，說得很嚴重，這是因為宰我既為言語科的高第，錯不了的。錢穆認為言語指的是外交辭令，並非泛指平素的說話，並引孟子曾言「宰我子貢善為說辭」、「宰我、子貢、有若智足以知聖人」。至於他的死，司馬遷說：「宰我為臨淄大夫，與田常作亂，以夷其族，孔子恥之。」這是說宰我助田氏作亂，被夷族，連老師也引以為恥。不同意見的人認為史遷以訛傳訛，宰我被滅族，是由於助齊聲討田氏。蘇軾即認為「宰我不叛」，引的是李斯諫二世書，他的結論是「太史公固陋承疑，使宰我負冤千載」（《蘇軾文集》）。此外，還有一個解釋：彼宰予非此宰予。李斯的諫書，何以能傳世？他的故事，大多經不起細辨。

哀公不問孔子而問宰我社木的問題，劉寶楠認為當時孔子未返魯。我寧願相信其時孔子已返魯，雖屬「國老」，前述行政與種樹的話，就是應哀公之問而說的，然而意見說了，說了不少，《家語》裏就記了許許多多，可那是秋天的落葉，凋了謝了，只留下生長的消息，再然後化作春泥。而三桓在魯專政有四代之久，之前有昭公被逐，客死外地。哀公後來也同樣被逐，不過當時有否此意，錢穆也同意並無確證。宰我則肯定是借題發揮，與樹木本身毫無關係。

孔子時年已過耳順，如果宰我的話另有玄機，他當然聽得出來，無論如何，他並不同意，種樹的解釋固然是厥詞，以至背後的餿主意，也屬無視「時宜」。老師盛年時試過，墮了兩家之牆，仍欠一家，結果功虧一簣。不過厥詞放了，已不能收回，故沉吟「成事不說，遂事不諫，既往不咎」。如果哀公與宰我之間是隱語，則老師說的也是隱語：既成的事就不要再說了，順勢的事就不要再勸阻，已過去的事就不必再追究了。這不是說他肯定三家的僭越，而還是一個要深思熟慮的權宜問題，哀公還不是一個有決心有能力承擔重任的魯君。

再說，認真說，為政要唬嚇，豈是孔子的主張；為政以德，焉用殺，子欲善而民善矣。唬嚇人民，則近者不悅，遠者不來。而這，正是儒法的大別。史上唬嚇人民最厲害的秦，國祚只有十五年。

總之，宰我的形象在今傳《論語》芸芸弟子中，可說最劣，卻仍不乏古今著名學者為之辯解。這的確值得深究。惡行多，白紙黑字；另傳孔子周遊時，曾派遣他出使齊、楚，卻不見於《論語》，這是由於，下面是錢穆説的，《論語》出於齊魯諸儒，書則出於戰國，「田氏已得志，而魯亦為田齊弱。豈田氏之於宰我，固有深恨？而朝廷之威，足以變白黑」云云，田齊之手曾否或能否伸向《論語》的記載，這其實也挑戰孔門子弟的誠信，那麼多的子弟，當然也會有不同的意見，更遑論過去《論語》有不同的版本。換言之，要是我們認定四科的論斷是玉律金科，那麼《論語》就有問題了。

三種《論語》(齊論語、魯論語、古論語）除了篇章多寡、編排稍異，目前已無從知道宰我在三家中有甚麼實質的差異。張禹之後，又有東漢末鄭玄注本，參照過去的版本（是以古論改魯論）重編。總之，宰我是一個令人思考的人物，這裏則純從今本《論語》中考量，容後或再另立專案。

從傳世的《論語》所見，孔子對人物的看法的確並不一致，管仲是其一，宰我是其二。倘照錢穆之説，田齊之威足以變《論語》的白黑，那麼〈雍也〉6.24 載孔子說：「齊一變，至於魯；魯一變，至於道。」顯然貶齊不如魯，齊變革之後才臻於魯，則齊論是否不載？〈八佾〉中孔子貶管仲「小器」，不知儉也不知禮，管仲為齊名相，今本竟得以保留？〈憲問〉

中載孔子見陳成子（即田常）弒簡公，齋戒沐浴，然後要求魯哀公出兵聲討，這在亂臣田齊眼中，要比宰我在齊做官，為齊殉身更有殺傷性，何以同樣保留下來？清人盧文弨《鍾山札記》以為陳成子篡弒，但稱「簡公」，不稱「齊」，當為齊論云云。《左傳》並且記載孔子認為伐齊頗有勝算：以魯之眾，結合齊半數反田常的力量，儘管之前衛靈公曾問他軍旅之事，他自言「未之學也」。

今本《論語》可以盡信嗎？你這刻就在旁邊，我當然可以恭聆教益。但你好像說：予欲無言。彷彿你早已懂得西方文論的「作者已死」之理，不用說，我知道下面兩句是：天何言哉？天何言哉？

7

葬者，藏也。《禮記》告訴我們，逝者埋在地下，是不要人見。秦以前，更早的時候，墓是藏在平地之下的。孔子的葬禮由公西赤主持，墓封為仰臥的斧形，高四尺，為了記認，周圍種植松柏；斧形，實是照老師的想法，而且是一般平民式樣，這是《家語》載的。所以孔老師重返孔林，看到另一個孔墳，像小山崗，並且有了大字楷書的碑名，前面一個石香爐，一定驚喜交集。這是後人的做法，也並非不好。我以前看過，香爐很小，2004 年我買的一本《孔子文化與世界遺產》，主要是圖片集，則所見孔墳，前面仍是小小的香爐，沒有甚麼香燭煙火。在孔廟買得的《曲阜小城故事多》2012 版，圖片也是這樣。如今再見，嚇了一跳，小爐之前，橫伸一張長桌，正前面有跪墊，一個紅布包裝的箱，寫上「祈福御守」，然後是鮮花、香燭、香爐。「御守」云，原是日本神社、寺院售賣的護身符，真是禮失而求諸野，旁邊幾位身穿古裝的工作人員不斷勸客進香祈福。老師說過不語怪力亂神，時代畢竟變了，變得厲害。墓的左旁，當年是子貢守墓的房屋，老師死後弟子心喪三年，各自散去，子貢再多守三年，就近築廬。屋當然不存，那是後人的重建，立碑一座，並題為「子貢廬墓處」。我上次到訪，看見了，大受感動。對年輕人來說，這是很好的教育，我相信任何人見了都會為之動容。可如今，成為工作人員的辦事處。不要忘記，弟子中子貢最會做生意，每能估準行情，因此成為巨富。老師說他「億則屢中」。他放棄了三年賺大錢的機會。

儒家當年十分重視喪葬，事死如事生，要合乎禮法，要敬，要誠，「生，事之以禮；死，葬之以禮，祭之以禮」（〈為政〉2.5）。我覺得遊覽車的名字不好，我想子貢也會同意，他根本反對遊客到來當名勝那樣參觀。《家語》載孔老師葬後，有燕國人來觀看，住在子夏家裏，子貢對他説：有甚麼好看的，我們也只是普通人來安葬聖人，不是聖人來安葬別人。……有甚麼好看的！是的，無論客人把敬禮當觀光，或者主人當旅遊業，都不好。當年魯哀公寫了誄文，説甚麼「旻天不弔，不憖遺一老，俾屏余一人以在位，煢煢余在疚。嗚呼哀哉！尼父，無自律」。憖遺（憖，音仞），指願意留下。意思是上天不願留下孔子這一位老人家。子貢覺得他假惺惺，直斥老師活着時不用，死了就作文哀悼；而只有天子才配自稱為「一人」，這是兩重失禮。罵得真好。

不過孔子對喪葬的意見，歷來卻備受批評，一是以為他主張厚葬，二是他主張三年守喪。其中主張薄葬的墨子，反對儒家的厚葬久喪最力。孔老師重視喪葬，對了，但説他主張厚葬則屬誤解。老師自己認為最好的學生顏回死時，因為貧窮，只有棺而無槨，顏回的父親顏路請求老師變賣車子替顏回買槨。老師婉拒了，解釋因為自己是大夫（他説「吾從大夫之後」，是謙稱，實即大夫），不能徒步走路，這是禮數；自己的兒子鯉死時，可同樣有棺而無槨呵。但同學終究為顏回加了槨，葬得風光些。老師於是感歎學生不聽他的勸阻，説：顏回呀，你把我當父親看待，我卻不能像兒子一樣對待你；這

祈福御守？（潘銘基攝）

不是我的意思啊，這是幾個學生這樣做的。彷彿錯的是自己。

老師有馬車代步，看來很有排場？不對。《孔子家語．致思》說他有車而無蓋，他出外時，下雨了，學生說子夏有傘，意思是可向子夏借，老師沒有借，因為覺得子夏為人慳吝。《孔子家語．曲禮子夏問》又有一段載，老師養的一隻狗死了——夫子原來也養狗愛狗，他對子貢說：所乘的馬死了，就用帷幔把牠埋葬；狗死了，就用車蓋去埋葬。你去把牠埋葬吧。我聽說不丟棄破帷幔，是為了埋馬；不丟棄破車蓋，是為了埋狗。如今我窮，沒有車蓋，就給牠一張草蓆吧，不要讓牠的頭陷於泥土中啊。這段文字也見於《禮記．檀弓》。「吾貧，無蓋」，但連狗隻也封之以蓆，不好隨便下土，是對異類也有情，何況是首徒？再引一段〈曲禮子夏問〉，老師說得更清楚：斂藏起手足形體，快快下葬而沒有外槨，「稱其財」，這就是所謂禮了，貧窮又有甚麼損害呢。

可見老師眼中葬的豐儉，要看是否與財富相稱，過與不及都不對。顏回是一介平民，從未做官；一直安貧樂道，簞食瓢飲，居陋巷，他會接受身後厚葬之舉？老師不肯變賣車子，的確是由於「禮」，所以同學即使解決了費用問題，也是不對的。

8

墨子要是也來到孔林，又會怎樣呢？只有我才想到這問題，因為他根本不會來，他說儒者守三年之喪，作為報答父母三年之愛，是「嬰孩兒之智」；至於儒家重祭祀，本身就是矛盾的，因為他們不信鬼神。墨子既晚生於孔子，墨子才「明鬼」。但孔子豈曾說沒有鬼神？他只是當學生問他這個問題時，說：「未知生，焉知死？」他只是「不語怪力亂神」，那是存而不論。〈雍也〉6.22 中他說：

敬鬼神而遠之。

這也是回答樊遲另一次問智。鬼神一方面要「敬畏」，可另一方面要「遠之」。敬畏不同恐懼，那是對幽冥不可名狀無實知物事的一種心理表現，那是祁克果所說的 dread。程頤云：「祭先主於孝，祭神主於敬。」商人尚鬼神，其實從眾多秦簡的《日書》可見，入秦後仍然迷信鬼神，迷信得很，諸多禁忌，全民費盡心力。秦之亡，多少拜此之賜。商之後的周，反而淡薄了些。孔子並不諱言死，楊伯峻曾統計《論語》裏提及「死」有三十八次之多。孔子也不是無神論者。他的時代意義即在把對鬼神的關注轉向人事，孔子此說的上一句是「務民之義」，所以說他富於人文精神。迷信者凡鬼神都敬拜，但〈為政〉2.24 中，孔子說：

非其鬼而祭之，諂也。

這是說祭祀別人的鬼，是諂媚，則他心目中的「鬼」，不過是自己先人的別稱，別人的「鬼」，那廣義的鬼，不應該祭。老師的用心，不是很清楚嗎？

人死是怎麼一回事呢？我們豈會不關心，這是西方宗教家所云：終極關懷。老師說：「未能事人，焉能事鬼？」子貢再代表我們問：死人，有知抑或無知？老師答得很坦誠，表達了他的兩難：我想說死者有知，只怕孝順的子孫忙於考慮如何送死而妨害了生活；想說無知麼，又怕不孝子孫把亡故的長輩棄而不葬。想知道有知抑或無知，別心急，「死，徐自知之，猶未晚也」(《說苑》)。

而祭祀的意義，他的學生曾參顯然深得老師之教，說得好：慎終追遠，民德歸厚。慎終是喪禮，追遠則是祭祀。《孔子家語・哀公問政》記載宰我曾問老師鬼神到底是甚麼東西，老師答得很詳細，不覺抄得多了：

> 人生有氣有魄。氣者，神之盛也。眾生必死，死必歸土，此謂鬼；魂氣歸天，此謂神。合鬼與神而享之，教之至也。骨肉斃於下，化為野土，其氣發揚於上者，此神之著也。聖人因物精，制為之極，明命鬼神，以為民之則，而猶以是為未足也，故築為宮室，設為宗祧，春秋祭祀，以別親疏，教民反古復始，不敢忘其所由生也。

這是說人活着就有氣有魂，氣就是在人身上旺盛的體質。凡人有生就有死，死了就埋到土裏，這就叫做「鬼」；離開形體的精神回到天上，這就叫做「神」。聚合鬼和神一起祭祀，是禮教最好的方法。骨肉腐爛了化作野土，人的精氣卻能在天上煥發，這就是「神」的表現。聖人因應人的精靈，制定一套準則，尊稱為「鬼神」，作為百姓行事的法則，不過仍覺有所不足，所以建了廟宇，設立祖宗的靈位，在春秋兩季祭祀，以便區別親疏，教導民眾要追祭祖先，不能忘記自己出生的源頭。

易言之，孔老師賦予鬼神一層超越的倫理價值、道德意識。祭祀是一種讓死亡接通生命的精神寄託，讓存活的人心靈得以安頓。當然，從《禮記》所載各種葬祭儀式看，尤其是〈喪大記〉，即在當年已覺繁瑣，這是儒教必須因應時代，大加裁剪的地方。

我一直稱孔先生為老師，不是如今的人那樣，動輒就稱人也被稱為老師，而是天下間真稱得上老師的人，只有孔先生當之而無愧，他是所有老師的老師。古書上的「子曰」，是指孔子，不可能是其他人。子是對男子的尊稱。其他人，說自己的老師，例如子思的弟子，在名字之上再加子：「子思子」。孔子，只有孔子許多時不必用姓氏。他的許多想法，政治上的，以至倫理上的，不免有時效性，要斟酌，要權行變通，孟子說他是「聖之時者」(〈萬章〉)，試問有哪一個政治家的理論可以垂之千古而不易？有哪一套倫理規範不經過修訂調節？不要忘記老師生於二千五百年前。但孔子肯定是古今偉大的教育家，他教育的理念和做法，至今仍足借鑑。這些，當然值得再細説。司馬遷當年讀孔子書，想見其為人。到了魯地，看孔子的宗廟，以及留下來的車服、禮器，而那裏的儒生雖經多年的戰火，仍然虔誠演習禮儀，他大受感動，捨不得離開。我們離開孔林時，其實也不勝低迴。

2017 年 8 月

後記

我不是儒家學者，我連學者也不是，不會做高屋建瓴的大文章，我只是《論語》的讀者，說得上相當資深，《論語》這本書，反反覆覆時斷時續讀了超過半個世紀，有不少疑惑、許多不解，於是嘗試尋找解答。老實說，我找到的答案是，永遠不會找到終極、絕對、唯一的答案。這種答案，恐怕也並非孔老師所知，他的回答是：闕如。

許多年來，研究《論語》的專書，據日人統計，不少於三千種，各有所得，也各有面向吧，肯定的是，還會有人研究下去，尤其因為各種文物出土，大可出諸新的角度，運用新的方法，重新閱讀。《論語》是經得起重新閱讀的，經得起不同世代不同的挑戰。世上絕大部分的經典，對時人已失去大部分的意義；就是近世的各種哲學、文化理論，也是二三十年翻新，收進學院的圖書館裏，成為專家認真的遊戲，凡人勿近。《論語》可是本雅俗共賞的書，淺讀不妨，深讀更妙。不過要深讀，就不單止讀《論語》，還需借助前人的閱讀，那許許多多不同的閱讀，正好說明沒有一種閱讀足以一錘定音，我們只能加以比較，擇善而從。

我在閱讀的過程裏，尋尋覓覓，大有所得，儘管不是甚麼獨得，卻自以為對人生對學識都有所進益；書呆大半生，其他閱讀難有這種持久而深遠的影響。我認為今人不讀《論語》，更以為讀《論語》的人保守、陳腐，很可惜，不是《論語》錯過他們，而是他們錯過《論語》。我想，每個時代有每個時代的問題，孔子也只能針對他所處的時代，但他提出的原則、方法，不少仍然合情合理，對我們仍極具參考作用。年青人讀《論語》，在人生取向上，肯定有助抉擇；在紛紜的時勢，會知所限制，會變通，同時更知所堅守。

《論語》雖然距今二千多年，是層層積澱的「文本」，而我們的閱讀又總帶着自身的經驗和認知，說是成見也罷，既不能擺脫也不用擺脫，傳釋學者所謂現今與歷史兩重的視界融合。正是這個原因，我們賦予歷史文本新的生命，於是我的閱讀是我自己的，我可以完全接受過去某些人的見解，卻也跟這些人並不等同，甚至不同於我之前的閱讀，哪怕是一年半載之前。

十多年前我寫成第一篇〈我所不知道的《論語》〉，釐定目標，開始我閱讀的旅程。過去，我同一時間會攤開四五本不同類型甚至不同意識形態的書，真是坐這山看那山，結果沒有一個山看得透徹。我美其名曰：平行蒙太奇，如今我會時髦地說是平行宇宙。一位寫小說的朋友居然曾因此轉化成小說〈永不終止的大故事〉，這其實和這位小說家專注而尋根究柢的閱讀習慣並不相類。當朋友見我說承認不知，是知的起點，就鼓勵我稍稍集中精神，不論大山小山，好歹不要只是到此一遊，要把一個看透才好。曾有一位長輩氣定神閒對我説：你哪，這樣的人，很少了，甚麼書都看，中國的，西方的，古典的，現代的。好像是讚美，其實是説，甚麼都看，即是甚麼都看不清楚。是的，「學問之道無他，求其放心而已」，這個「放」字，是佚失、失去之謂；要把這散失的心收拾回來。至於「心」，儒者指的是良知良能的心。江山豈易改，這些年來，我當然沒有因為一棵大樹，而放棄整個叢林，只是不時回到樹下，看樹的枝葉、看樹隨着季節的變化，在樹下野餐，在樹下，孕育一首長長的詩。

我從《論語》裏有爭議的問題個案切入，例如宰我和孔子論辯三年之喪、孔子和葉公的父子相隱之説，相信那些問題也是無數人尤其是教師多年來的困惑，我先羅列、疏理各種意見，也借助出土的竹簡，澄清一些誤解。收拾、整頓之後，我再提出自己的取捨、自己的想法。這方面，我不至於完全沒有判別的能力。我運用的材料，大都看過原文，又或者譯文，因多屬人所共知，我點明來源，也就不作詳細注釋。我先後寫了二十二篇，分成綜述與分論，毋寧就是這麼一本讀了許多年的書，終於上繳的報告吧。

2023 年 3 月

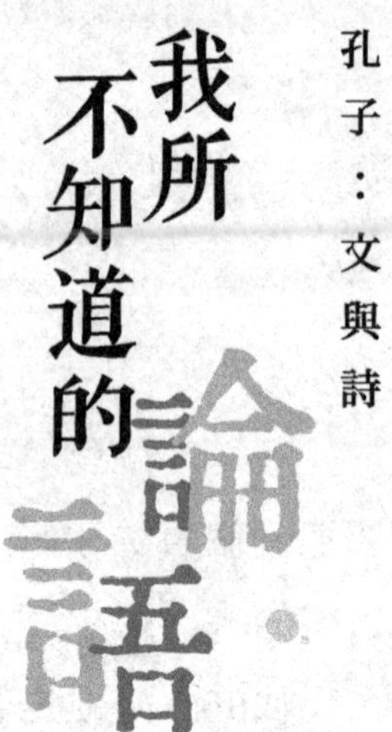

何福仁 著

責任編輯　張佩兒

裝幀設計　陳佩珍

排　　版　楊舜君

印　　務　劉漢舉

出版

中華書局（香港）有限公司

香港北角英皇道 499 號北角工業大廈 1 樓 B

電話：（852）2137 2338

傳真：（852）2713 8202

電子郵件：info@chunghwabook.com.hk

網址：http://www.chunghwabook.com.hk

發行

香港聯合書刊物流有限公司

香港新界荃灣德士古道 200 - 248 號

荃灣工業中心 16 樓

電話：（852）2150 2100

傳真：（852）2407 3062

電子郵件： info@suplogistics.com.hk

版次

2025 年 3 月初版

規格

16 開（210mm × 150mm）

ISBN

978-988-8912-86-5